コード・ブルー

ドクターヘリ緊急救命

THE THIRD SEASON 上

脚本／安達奈緒子　ノベライズ／蒔田陽平

【ドクターヘリ】

初療室に匹敵する設備を搭載した
救急専用ヘリコプター。
一刻も早く患者のもとへ専門医、
看護師を派遣し、現地で治療を開始するための
究極の医師デリバリーシステムで、
搬送時間の短縮のみならず、
救命率の向上や後遺症の軽減に
大きな成果を上げています。

ドクターヘリの構造 資料提供：朝日航洋株式会社

ターボシャフト・エンジン

高い信頼性と性能を誇る、プラット・アンド・ホイットニー社製 PW207E エンジンを２基装備。

メインローターブレード

５枚の複合材製ブレードを持ち、低振動・低騒音を実現しています。

ノーターファン

テールローターを廃し、大幅な安全性の向上とクラス最小の騒音レベルを実現させたのが NOTAR システムです。このファンで作り出された高圧空気が後方のダクトより噴出され、機体の方向制御を行います。

衝撃吸収座席

すべての座席は30G（体重の30倍の衝撃力）に耐えることが証明されています。

燃料タンク

衝撃が加わると自動的に給油口を閉じ、火災を防ぐ構造を持ちます。

ダイレクト・ジェット・スラスター

ノーターファンで作られた高圧空気を直接噴出し、テールローターの代わりの役割を担います。

バーチカル・フィン

このフィンが自動操縦装置によって左右個別にコンピュータ制御され、飛行中の安全性を増しています。

ドクターヘリ大解剖

編集協力：アビアド

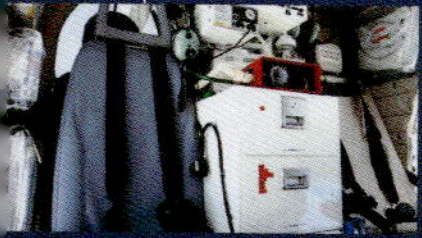

クターはいつも後ろ向き

前の座席がドクター席。ドクーは進行方向に対して、常に後向き。というのも、患者が頭部進行方向に向けて搬入され、そまま治療を受けるからです。

患者が目の前に

ヘリがランデブーポイントで救急車と落ちあうと、患者はヘリコプターの後方から、専用ストレッチャーに乗せられて搬入されます。ストレッチャーはドクター席の目の前に設置されます。

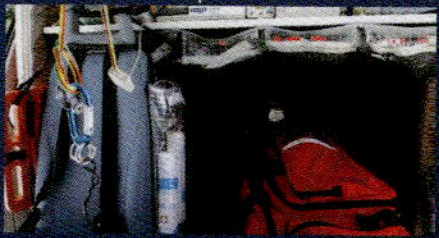

フライトナースも活躍

ドクターをサポートするフライトナースの席は患者の脇。赤色のバッグの中には、救急医療に必要な機器、材料がそろっています。ドクターとたった二人で、どんな患者にも対応します。

脚本・安達 奈緒子
ノベライズ・蒔田 陽平

コード・ブルー
—ドクターヘリ緊急救命—
3rd シーズン
(上)

扶桑社文庫
0655

本書はドラマ「コード・ブルー 3rd season」のシナリオをもとに
小説化したものです。小説化にあたり、内容には若干の変更と創作が
加えられておりますことをご了承ください。
なお、この物語はフィクションです。実在の人物・団体とは無関係です。

1

七夕の短冊。
子供の頃は素直に願いを書いた。けれど、大人になると書かなくなる。
なぜだろう？
どんなに願ったところで、叶わないことがあると知ってしまったからだろうか……。

＊＊＊

真っ青な空に真綿のような入道雲が浮かんでいる。まるで絵はがきのようなのどかな夏の風景のなかを、一機のヘリコプターがローター音を響かせながら横切っていく。

「こちら翔北《しょうほく》ドクターヘリ。離陸十時二十六分。あと八分で翔北に到着します」

パイロットの梶寿志《かじひさし》から無線連絡を受け、CS[※1]（コミュニケーション・スペシャリスト）の町田響子《まちだきょうこ》が答える。「こちら翔北CS。八分後到着予定、了解しました」

後部座席ではフライトドクターの三井環奈《みついかんな》とフライトナースの冴島《さえじま》はるかがストレッチャーに乗せられた患者を診ている。容体の変化に合わせて、三井も冴島もてきぱきと自分の仕事をこなしていく。

やがて眼下に翔陽大学附属北部《しょうようだいがくふぞくほくぶ》病院が見えてきた。ヘリポートに向かって、ドクターヘリは徐々に高度を下げていく。

「今週で辞める？　三井先生が？」

初療室のホワイトボードにヘリから無線で届いた患者の容体を書き込んでいた藤川一《ふじかわかず》男《お》は、白石恵《しらいしめぐみ》の言葉に思わず手を止めた。

「私もさっき聞いたの」

患者受け入れの準備をしながら、白石は浮かない顔で答える。

スタッフリーダーとして救命の現場をまとめている白石が、救命センター部長の橘《たちばな》啓輔《けいすけ》から三井の退職を告げられたのはつい二時間前のことだった。慢性的な人手不足に加え、新たに配属されたフェローたちの指導もある。そのために昔のツテを頼って、どうにか助っ人をひとり確保したばかりだというのに、ここでベテランドクターである三井に辞められてしまったら元の木阿弥《もくあみ》。救命センターは立ちゆかなくなってしまう。

どうしても引き留めることはできないのかと白石は食い下がったが、「……プライベートなことなんでね、すまん」と橘に頭を下げられてしまった。橘は救命センター部長であると同時に三井の夫でもある。二人で考えに考えた末の結論だということは橘の苦渋に満ちた表情を見ればわかる。白石はそれ以上何も言えなかった。


藤川のそばを離れ、白石は指示を待つフェローたちのほうへと向かった。

「灰谷《はいたに》くん、REBOA※2用意してくれる？」

「はい！」と長身を猫背気味に丸め、フェローのひとり、灰谷俊平《しゅんぺい》は駆けだした。しかし、それは備品棚とは逆の方向だった。すぐに「あ」と気づき、戻ってきた。

※1 CS
運航管理者。安全かつ時間通りに目的地へ到着できるよう、無線やコンピューターを使ってパイロットにアドバイスを送る。
※2 REBOA
大動脈バルーン遮断。外傷性重症患者に対して行う蘇生処置法。

素直で誠実な青年なのだが、どうにも頼りない。白石は棚の前でもたもたしている灰谷にチラと目をやり、大きくため息をついた。

ボードに書き終えた藤川がやって来て、何もせず突っ立っている小柄なフェローに向かって口を開いた。しかし、名前が思い出せない。

「えっと……君、次からあのメモ書いてね」とホワイトボードを目で示す。

「あー、はい。アレですね。わかりました」

名取颯馬《なとりそうま》はホワイトボードを一瞥《いちべつ》し、軽い口調で答える。シニアドクターの前に出るといつも緊張しがちな灰谷とは違い、名取はどこか飄々《ひょうひょう》とした雰囲気の持ち主だった。

「レベルワン※用意してあります」と藤川と名取の間に割って入ったのはフライトナース候補生の雪村双葉《ゆきむらふたば》だ。「開胸セットは来てからでいいですか？」と化粧っけのない顔を藤川へと真っすぐに向ける。やる気がみなぎる積極的な姿勢に気圧《けお》され、「ああ、ありがとう」と藤川は目を伏せる。そこに、「すみません！」と唯一の女性フェローの横《よこ》峯《みね》あかりが大慌てで駆け込んできた。ふんわりとやわらかな空気をまとった美人だが、残念なくらい抜けている。

「もう戻るんですか。やっぱりヘリって速い……」

「速いよー。だから君も早く来て準備しようね」

苦笑まじりに藤川は答えると、白石を隅へ引っ張っていき、声をひそめた。

「お前が一番わかってんだろ。今のこのヤバい状況。緋山《ひやま》が戻るって聞いて、ちょっとはラクになるって思ったのに。てかさ、橘先生は俺らに死ねって言ってんの？」

「何か事情があるのよ……」

そのとき、鋭いコール音が室内に鳴り響いた。まだ午前中だというのに四度目のホットラインだ。すかさず白石が受話器を取り上げる。

「翔北救命センターです」

「マンション火災で熱傷の患者です。受け入れ可能ですか？」

スピーカーから流れてきた消防本部の声に、藤川が小さく首を振った。

「高所転落の患者が来る。このうえ、救急車は厳しいんじゃないかな」

「熱傷面積は？」と白石は受話器に向かって尋ねた。

※ **レベルワン**
大量の輸血や輸液が高速でできる機械のこと。

『3度25%[※1]。サチュレーション[※2]は酸素10リットル吸わせて70%です』

白石はみんなを見回し、言った。「受け入れましょう」


救命センターの初療室とは対照的に手術室は静寂に包まれていた。聞こえるのは生命の営みを告げるモニターの機械音と人工呼吸器の音だけ。行われているのは脳外科の手術だ。太さ一ミリ以下の血管をマイクロスコープ越しに縫合する。ドクターの指が繊細にあやつるピンセットの先は肉眼ではとらえられない。見事な手技を披露していくのは、脳外科医の藍沢耕作《あいざわこうさく》だ。脳動脈瘤のクリッピング手術[※3]だが脳の奥にコブがあり、血流を止めるためのクリップをかけるのはかなり困難だ。しかし、藍沢の指先のピンセットは脳のシワを巧みに剥離《はくり》しながら驚異的なスピードで患部へと向かっていく。

「……面白い……」

藍沢の口からこぼれた言葉に、前立ち（第一助手）に入っていた脳外科部長の西条《さいじょう》章《あきら》は思わず笑った。「難しいほど面白いか。お前らしいね」

二人はスコープ内の患部に視線を集中しながら会話を交わしている。

「今日は朝から飛んでるみたいだな。救命、ここんとこ人が足りてないんだって？」

西条の問いかけは、藍沢がかつてフライトドクターとして救命で活躍していたことを踏まえてのものだった。

「みたいですね」と、とりたてて関心なさそうに藍沢が答える。

「今さら興味ないか」

藍沢は無言のまま手を動かしつづける。クリッピングを終えると、言った。

「洗浄して閉頭します」

「これ終わったら、ちょっと話があるんだ。いいか」

「わかりました」

※1 （熱傷面積）3度25％
3度熱傷は、皮膚がすべて損傷された状態で、茶色もしくは壊死《えし》して白色になる。感覚がなくなるため痛みを感じない。面積が10％以上の場合は重症に該当する。

※2 サチュレーション
動脈血酸素飽和度。血液中に溶け込んでいる酸素の量のこと。約99～１００％が正常値。95％を切ると酸欠状態になる。

※3 脳動脈瘤のクリッピング手術
脳内にある血管の壁の一部がもろくなり、風船のようにふくれ上がったものを脳動脈瘤と呼ぶ。動脈瘤の根元をクリップで挟むことで血流を止め、破裂を防ぐ治療法をクリッピングと呼ぶ。

フェローたちを連れて白石と藤川がヘリポートに出ると、入道雲をバックにドクターヘリが近づいてくるのが見えた。そういえば、と藤川が白石に尋ねた。

「緋山は？　今日からだったんじゃないの？」

「電話してるけど出ないのよ。何かあったのかな……」

「ったく。やってけんのかねえ、うちは！」

強風を巻き起こしながらヘリが到着した。すぐにスライドドアが開き、三井と冴島がストレッチャーとともに降り立った。

「七十代男性、自宅二階から転落。触診で血圧70、心拍１２０、意識レベルＥ１、Ｖ１、Ｍ３[※1]です」

冴島に続いて三井が報告する。

「現場で挿管[※2]した。頭部外傷と不安定型の骨盤骨折ね」

白石がうなずいたとき、近づいてくる救急車のサイレンが聞こえてきた。

「向こう、来てる」

「こっちは私が診るから、行って」と三井が白石をうながす。

白石、藤川、灰谷は、近づいてくる救急車のほうへ走りだした。

サイレンを響かせながら到着した救急車に白石と藤川、灰谷が駆け寄る。後部ハッチが開き、真っ先に飛びだしてきたのはずぶ濡れの若い女性だった。患者同様に焼けだされたのだろう、部屋着姿のままで顔も煤《すす》で汚れ、束ねた髪もボサボサだ。

その女性が白石たちに向かって、口を開いた。

「心停止したけど今戻った。早く初療室運んで。挿管の準備と血ガス！[※3]」

「緋山先生……」

緋山美帆子《みほこ》は白石の姿を認めると、不機嫌そうに「おはよう」と言った。

「え、火事ってお前んち!?」

目を丸くする藤川に、緋山はさらに不機嫌な顔になる。

「上の階。消防の水、浴びてきた」

※1 意識レベルE1、V1、M3
患者の意識の状態E（開眼機能）、V（最良言語反応）、M（最良運動反応）を数値で評価したもの。E1は「開眼しない」、V1は「発語なし」、M3は「除皮質硬直反応あり（異常屈曲）」を表す。

※2 挿管
口からのどを経由して気管にチューブを入れ、酸素の通り道（＝気道）を確保する処置のこと。

※3 血ガス
血液ガス検査。動脈血液中の酸素、二酸化炭素を測量し、肺の機能障害の有無を検査すること。

術衣から脳外科の黒いスクラブ※に着替えた西条と藍沢がエレベーターへと乗り込んでいく。ほかに誰も乗ってこないのを見て、西条が話を始めた。

「藍沢。お前、脳外科に来て何年になる？」

「七年目です」

「実はな、トロント大から話が来てる。うちから一人、レジデントを受け入れたいって」

藍沢の目が興味深げに光った。「いい話ですね」

「お、興味ありそうだね」

「トロント大の症例数と医療水準の高さは世界屈指です。脳外《のうげ》の医者やってて、興味のない人間なんかいませんよ」

「うちとしてもね、できるヤツを送りたいんだ。そうなると……」

西条はうかがうように藍沢に視線を送る。「お前か、あいつかって話になるんだ」

納得したような藍沢の顔を見て、西条は茶化すように言った。

「いい話には競争がつきものだ」

西条と一緒に脳外科部長室に入ると、すでに先客がいた。先ほど話題に上がった人物、新海広紀《しんかいひろき》だ。翔北病院脳外科が誇るダブルエースの一角。

「おはようございます」と新海はにっこり笑った。

二人に向かって西条が告げる。

「新海、藍沢、どちらかにトロント大に行ってもらう。レジデントのイスは一つだ」

すかさず新海は「このイスは譲れないなあ」と、茶目っ気のある笑みを向けながら藍沢に言った。

藍沢も不敵な笑みを新海に返す。


初療室では救急車で運ばれた患者とヘリで運ばれた患者の治療が同時に行われていた。一秒が一分に、一分が一時間にも感じられるような異様な空間のなかで、医師と看護師たちは患者の命をつなぎ留めようと懸命に頭を働かせ、体を動かしていく。

白石と三井は転落した七十代男性患者を生還させるべく開胸心臓マッサージを続けている。一方、フェローたちはといえば、名取は何をしていいのかわからないので傍観を決め込み、横峯はナースの仕事に手を出し、冴島に注意される始末だ。

※ **スクラブ**
半そでで首元がVネックになっている医療用衣類。

隣の初療台では緋山と藤川が熱傷の四十代男性患者の挿管にかかっている。フェローの灰谷はAラインの確保[※1]を指示されたが、血圧が下がっていてうまく動脈に針が入っていかない。失敗した針が十本近く床に転がっている。

「血圧、落ちてます！」

切羽詰まった雪村の声が、灰谷をさらに焦らせる。

「なんで……」

手の震えをおさえ、わずかに浮きでた動脈に針を刺していく。

名取が白石たちの初療台から離れたところで様子を見ているのに気づいた緋山が、

「ちょっとフェロー」と声をかけた。「胸のポータブル[※2]撮るからオーダーして」

名取は「え」と怪訝そうに顔を向ける。

「そう、あんた！」

「あ、はい」

特に悪びれもせず、名取は指示に従った。ようやくラインが取れた灰谷は「入った……」と安堵している。そんなフェローたちを見ながら、緋山が藤川に言った。

「なんか、想像以上にヤバいね。今の救命」

「お前が来てくれて助かったよ」

そこに、本日五度目のホットラインが鳴り響いた。

「!」

ちょうど初療室に入ってきた橘が受話器をとった。「翔北救命センターです」

「茂原市南消防よりドクターヘリ要請です。胸痛を訴えた女性がレベルダウンしてます」

橘が白石を振り向いた。「行けるか?」と目でうかがいながら消防に問う。

「平砂浦《へいさうら》総合病院のドクターヘリ、出動中なの?」

「別のミッションで出てるとのことです!」

隣のCS室をうかがうとガラス越しに町田のOKサインが見える。

「三井、そこは俺が代わる。行ってくれ」

橘は三井に指示すると、消防に告げた。「わかりました。出動します」

「行こう」と三井にうながされ、冴島は雪村にあとを託して初療室から駆けだした。

※1 Aラインの確保
動脈に針を刺すことで、連続的に血圧測定を行うこと。
※2 ポータブル(を)撮る
機器を運んで、動けない患者のレントゲンを撮ること。

藍沢の携帯に連絡が入った。救命からのコンサル（診療依頼）だ。部長室を出ると、藍沢はすぐに救命センターへと向かった。初療室に入ろうとしたとき、熱傷患者をＩＣＵへ運びだそうとストレッチャーを押す緋山、藤川、灰谷と出くわした。緋山は藍沢をチラと目で追うが、特に言葉を交わすこともなく二人はすれ違う。

「藍沢、頼む」

橘の言葉にうなずき、藍沢は白石とポジションを替わった。

「またずいぶんバタバタしてますね」

「もうひとり来るんだ」

藍沢は転落患者のＣＴ画像を見て、言った。

「皮髄境界[※1]が消失してます。脳幹の圧排[※2]が強い」

「ダメか」

「蘇生に時間がかかりすぎましたね」

ドクターヘリで搬送された胸痛の女性患者が運ばれてくると、白石はすぐにその患者へと向かったが、付き添っていた冴島と三井の表情は険しい。

「救急隊の到着時にはすでに心停止、ＣＰＲ[※3]には反応しません」

冴島にうなずいて、白石は心臓マッサージを始める。

「まだ若いしPCPS[※4]はどうかな?」

「一度もアドレナリンに反応してません」

「瞳孔《どうこう》はどうですか?」

確認し、「散大[※5]してる」と三井が答える。「白石、残念だけどあきらめましょう」

白石は顔をゆがめ、患者の胸に当てていた手を離した。

「そっちもダメか」と橘が隣のチームに声をかける。

※1 皮髄境界
大脳皮質と白質の境界。

※2 脳幹の圧排
脳と脊髄をつなぐ重要な部分である脳幹が圧迫されている状態。

※3 CPR
心肺蘇生法。心停止の患者に対して、心臓マッサージや人工呼吸、挿管を行うこと。

※4 PCPS
経皮的心肺補助法。重症患者に対して、人工心肺装置で心臓と肺の両方の機能を代行して生命を維持する手段。

※5 (瞳孔) 散大
本来は2・5~4ミリほどの瞳孔が、5ミリ以上に開いていること。意識障害が進行し、重篤あるいは死亡していることを表す。

藍沢は白石のほうを振り向いた。さらに悔しげな表情で患者を見下ろしている。

そこに藤川と緋山が戻ってきた。重い空気にすぐに状況を察した。

「……両方か……」

藤川のつぶやきに、一瞬みんなが沈黙する。命を救えなかったやりきれなさと虚しさが初療室を満たしていく。それを吹っ切るように藍沢が口を開いた。

「CTの所見はここに書けばいいか」

冴島がうなずいたとき、橘が言った。

「戻ってこないか？　藍沢」

思わずこぼれ出た言葉だった。当の藍沢はほとんど無反応だったが、彼以外の全員が驚きの表情で橘を見つめる。橘は慌てて、「正直厳しいんだよ、今の救命」と取り繕う。

「いや、白石はスタッフリーダーとしてよく回してくれてるよ。でも人手不足はどうしようもないからさ」

橘は白石から藤川に視線を移す。

「藤川もろくに家に帰れてないだろ？　フェローたちの教育もあるし。なあ」

藤川は黙って橘を見返す。

「それで緋山が戻ってきてくれた。周産期医療の勉強、中断して。感謝してるよ」

緋山の隣で三井が申し訳なさげな顔になる。

「それでもまだ戦力が足りない。タフに患者と向き合える医者じゃないとさ、ここは務まらないじゃない」

フェローたちの胸に橘の言葉が重く響く。

さっきとは違い、本気で橘はもう一度言った。

「藍沢、戻ってこないか」

白石、藤川、冴島、そして緋山が返事を待つ。わずかな沈黙のあと、藍沢が答えた。

「すみません。救命に戻るつもりはありません」

藍沢は無表情のままカルテに視線を戻し、記録をつけはじめた。

＊　＊　＊

「あー、唯一の着替えがこれって最悪」

救命の青いスクラブに着替えた緋山が濡れた髪を拭きながら医局に戻ってきた。お湯を注いだばかりのカップ麺を手にしながら、藤川が応じる。

「なに、家そんなにひどいの？」

「消火液でグチャグチャ。服も全滅」

「あとで私のスウェット貸したげる。当直のときの」パソコンに向かいながら白石が言った。

「でも緋山は偉いよ。そんなときでも戻ってきてくれたもんな。お前はやっぱ、情に厚い。それに比べて藍沢は……」

「頼んできたのがあんただったら戻らないよ。三井先生に頭下げられちゃったから……」

「だろうけどさ、三井先生も薄情だよ。突然休職するなんて——」

「あーあーあー！」と白石が大きな声で藤川をさえぎった。

「え？」

「もう三分たったんじゃない？　いーなーカップ麺とか、食べ切れたら奇跡だよね」

「いいだろ？　贅沢しちゃってるだろ？」と白石の焦りなどまるで感じないまま、藤川がのんきに答える。緋山がギロリと白石をにらんだ。

「三井先生、休職するの？　どういうこと？」

「……えっと……」

「あれ？……言っちゃヤバかった？」

「ちゃんと説明して」と緋山は二人の前に仁王立ちする。面倒くさいことになったなぁ、とげんなりしながら白石は知る限りの事情を話しはじめた。

医局からスタッフステーションへ移動しながら、藤川が白石に向かって愚痴をこぼしている。緋山からどうして三井が辞めるのかをさんざん問い詰められたのだ。

「緋山もしつこいよな。俺たちも理由は知らねえって言ってるのに」

そこに、携帯を耳に当てて怒鳴りながら緋山がやって来た。

「は？　病院から四十分!?　そんな遠いホテルしか取れないの？　なんのための火災保険よ。私は医者なの。病院に近くなきゃ意味ないの！」

「触らぬ神に祟りなしだよ」と藤川は白石にささやき、二人はそーっとスタッフステーションの席に着く。しかし、そのタイミングで緋山は電話を切り、視界を横切る白石に声をかけた。

「白石、あんたの家って病院からどれくらい？」

「え？　と、遠いよ。一時間くらい？」

「え、こっから車で五分って言ってなかった？」

空気の読めない藤川を白石がにらみつける。

「近いじゃない！　しばらくあんたのとこ、泊めなさいよ」

「……しばらくって何日ぐらい？」

「一か月ぐらい」

「ごめん、無理」

緋山はムッとした表情で黙り込んだ。イライラがビンビン伝わってきて藤川はおびえる。「あー」と緋山はひと声叫んだ。「なんなの？　家はめちゃくちゃ。今日寝る場所もなければ着替え一枚ない。そのうえ、職場は人手不足で扱う症例ははっきり言ってつまんない。やってられないんだけど」

「……わかるけど……」と白石がつぶやく。

「せめて藍沢戻せないの？」

「だよなー」と藤川も乗っかった。「いや、俺もそれがいちばんいいと思ってたんだよ」

「今日だって来てたじゃない」

「でも、救命には戻らないって……」

「あそこでもうひと押しすればよかったのよ！」

「そうだよ」と藤川がはやし立てるように乗っかる。「もうちょっと言えば、あいつも『うん』って言ってたかもしれないよ？」

「うるさい!!」

緋山に怒鳴られ、藤川は叱られた子供のようにしゅんとする。

「白石、あんたスタッフリーダーでしょ。言ってきてよ」

「私が?」

「藍沢に、戻ってこいって」

有無を言わせぬその表情に、白石はうなずくしかない。

藍沢と話すチャンスはあったのだが切りだすことができないまま、白石は本日六度目のホットラインを聞くことになった。

「勝浦西消防より、高エネルギー外傷によるドクターヘリ要請です。水上バイクの事故。三十代男性。防波堤に衝突。意識レベル300[※1]、ショック状態です[※2]」

CSの町田に確認をとり、「出動します」と消防に応えるや白石は駆けだした。

※1 意識レベル300
覚醒の程度によって意識障害を3群に分け、さらにそれぞれを3段階に区分して数字で表した評価基準。300は痛み刺激にもまったく反応がないレベル。

※2 ショック状態
重要な臓器への血液量が急激に減少することで、血圧低下や意識障害などのさまざまな異常が同時多発的に発生した状態のこと。

その頃、初療室では緋山がＩＣＵにいる藤川からの応援要請に対し、「無理」と冷たく言い放っていた。「今、初療室、私だけなの」

「三井先生は？」と携帯の向こうで藤川が尋ねる。

「橘先生と腸管損傷のオペに入ってる。ここ離れたら医者がいなくなるからさ」

緋山の声を聞いていた名取が隣の横峯にボソッと言った。

「俺らも一応医者だけどね」

……確かにそうだが、今、緋山がいなくなってしまったら、これからヘリで運び込まれる重傷患者への対応を二人だけでする自信はまるでない。横峯は曖昧な笑みを浮かべることしかできなかった。

「それで、どうしたの？」と緋山は藤川に尋ねた。

「熱傷の内田《うちだ》さんがショック状態。灰谷とＣＨＤＦ[※1]しようとしてるけど手が足りない」

緋山は二秒ほど考え、「フェロー！」と鋭い声を発した。「どっち？」とお互いを見合う名取と横峯に、すかさず緋山が叫ぶ。「男と女、両方！」

「はい！」

「ＭＴＰ[※2]オーダーして。10－10で。ＪＡＴＥＣ[※3]のプライマリーサーベイ[※4]ぐらいはできるわよね？　研修でやったでしょ。それで異常あったらコールして。私はＩＣＵに行く」

初療室を出た緋山の足音が遠ざかると、名取が横峯に尋ねた。

「今の指示わかった?」

「半分くらい?」

フェローたちの話にあきれながら、「輸血の準備をして待ちましょう」と雪村が動きだす。慌てて二人もあとに続いた。

※1 CHDF
持続的血液ろ過解析。腎臓の働きが弱まり、血液中の余分な水分や老廃物などを自力で排出できない患者に対して行われる血液透析のこと。

※2 MTP
RBC(赤血球を補充するための輸血用血液)とFFP(血を固める働きをする成分を補充するための輸血用血液)を、決められた比率で患者に投与する大量輸血のこと。

※3 JATEC
『外傷初期診療ガイド日本版』のこと。救命救急センターを含む緊急病院へ搬送された傷病者を迅速に検査・治療するための診療ガイドライン。

※4 プライマリーサーベイ
重傷の患者に対して、呼吸器や循環器など生命を保つためには欠かせない機能の状態を迅速に把握し、適切な治療を施すための診断のこと。A:気道　B:呼吸　C:循環　D:中枢神経の順に診断する。

ヘリで運ばれてきた水上バイク事故の男性患者は血圧が下がりつづけ、瞳孔不同[※1]まで出てきた。白石はすぐに脳外科への連絡を指示し、メスで患者の胸と腹を開く。早く破れている血管を遮断し、血圧を戻さないと心停止してしまう。

「……どこ……どこから出てるのよ」

しかし、なかなか出血源が見つからない。白石は焦った。前立ちの横峯の手際が悪く、思うように患部が見えないのだ。

「緋山先生、呼びましょうか」と冴島に問われたが、「大丈夫」と白石は首を振った。

「右から脱転[※2]して探ってみる」

そこに藍沢が入ってきた。「今日はよく呼ばれるな」

「藍沢先生……」

冴島が思わず反応する。藍沢は患者の瞳孔を確認し、言った。

「瞳孔不同[※3]は末梢性だろう。白石、腹の止血が済んだらCT撮ってくれ。そこでもう一度診察する」

「わかった」

「血圧、落ちてます」

冴島の指摘に、白石は名取に指示を出す。

「レベルワンの血液、ＦＦＰ[※4]に変えて」

「はい」と名取は返事をするが、輸血システムをうまく扱えず、もたもたしてしまう。

藍沢がその様子を腕を組みながら見つめる。

腹腔内をかなり深く探っても出血源は見つからない。白石は横峯に苛立った声を上げた。「右手でこっちの腸管引っ張って。もう少し奥から！」

「はい！」と腸管を引いたとき、急に大量の出血が起こり、横峯はパニックになる。

「出血が……これ、どうしたら……」

※１ 瞳孔不同
左右で瞳孔の大きさが違う状態（差が０・５ミリ以上）のこと。

※２ 脱転
手術のために、臓器を本来の位置から少し動かすこと。

※３ 瞳孔不同は末梢性
末梢神経が障害を受けることにより起こる瞳孔不同のこと。

※４ ＦＦＰ
新鮮凍結血漿（けっしょう）。採血後４時間以内の血液のこと。血液凝固因子（血を止める働きをする成分）を補充するために用いられる。

「手、離さないで！」

手間取る名取を見かねた雪村が代わりに操作し、どうにか輸血の切り替えがなされた。

「FFP入ります」

「見えない……横峯さん、そのまま左手で出血してるところ、吸引して！」

「こ、こうですか……」

しかし、出血は止まらず、血圧は下がりつづける。「血圧50切りました」と冴島の切迫した声が飛ぶ。

「どこ……どこなの……!?」

焦る白石の前にスッと手が差しだされた。「え？」と一瞬顔を上げると、術衣を着た藍沢の姿があった。藍沢は腹腔に手を突っ込むと、白石の視野を確保する。

「見えるか」という藍沢の声に、白石はハッと我に返った。

「待って、そのまま……見える。OK、見つけた。右の総腸骨静脈[※1]からだ」

すかさず冴島はサテンスキー[※2]を白石に手渡す。白石は瞬く間に血管を遮断した。

「……危なかった……」

大きく息をつく白石を、藍沢が何かを考えるように見つめている。

救命処置を終えた患者を乗せたストレッチャーを白石と藍沢が押している。

「助かった。ありがとう」

「フェローはみんなあんな感じなのか」

藍沢の言葉が白石の胸を刺す。指導不足を指摘されたようで、恥ずかしく感じた。

「あれならそこそこ経験を積んだナースのほうが使える。医者はプライドがある分、面倒だ」

「でも育てなきゃ。救命を回していくには、今は彼らを育てるしかないから」

相変わらずな白石の生真面目さに思わず藍沢は苦笑した。

「育つ前に患者が死ぬな」

「え？」

「いや、悪い。部外者が余計なことを言った」

「戻ってこれない？」

※1 総腸骨静脈
仙腸関節の前で外腸骨静脈と内腸骨静脈が合流して走る静脈。

※2 サテンスキー
血管を挟んで止血する際に使用する手術器具。

無意識に白石はそう尋ねていた。藍沢の足が止まり、白石を見つめる。

「あ……ごめん。こっちも余計なこと言った。藍沢先生が脳外で頼られてるの知ってるし。西条先生だって手放さないよ。今のは嘘。忘れて」

白石が本気で救いを求めていることは、あの現場を見ればわかる。その思いを受け止め、藍沢は正直に告白した。

「トロント大のレジデントの話があるんだ」

「……そうなんだ……」

「すまない」


スタッフステーションで藤川がカルテの整理をしていると冴島がやって来た。ほかに人がいないのを確認して藤川に声をかける。

「今日、何時頃あがれる？」

「あ、そっちは日勤か。俺はまた朝までコースかなあ」

「そう」と視線を落とす冴島に、「なんかあった？」と藤川が尋ねる。

「え？　うん……少し話が」と冴島が口を開きかけたとき、白石と緋山が入ってきた。

しばらくの同居を迫る緋山と阻止したい白石の不毛な攻防に気をそがれ、冴島はスタッフステーションを出ていってしまった。

いつの間にか姿を消した冴島に、藤川は「あれ？」と首をひねる。

「なら、藍沢のほうは？」と緋山が話を変えた。「聞いたの？」

「……断られた」

「だぁな」と藤川は脱力する。

「トロント大のレジデントだって」

「変わんないなあ。藍沢ってホント自分ばっか」

憮然とする緋山に白石が言った。

「こっちはこっちでやろう。私がフェロー鍛えて、戦力にするから」

「白石も変わんないね」

「え？」

「一人で背負わないほうがいいよ」

軽く白石の肩をたたき、「ＩＣＵ見てくるわ」と緋山は出ていった。

エレベーターの中には帰り支度をした三井の姿があった。緋山は目を合わせることもなく、「お疲れさまです」とだけ言った。

「お疲れ……」

気まずい沈黙に耐えられず、三井が口を開いた。

「緋山……」

「人が足りないっておっしゃってましたよね」と正面を見つめたまま緋山が応じる。

「三井先生がいなくなったら、私が来たところで今の救命の状況は変わらないですよね」

「……ごめん」

緋山は次の言葉を待つが、三井はそれきり口をつぐんだ。

「それだけですか？　理由を教えてください」

しかし、三井は「ごめんなさい」ともう一度あやまるだけでそれ以上話そうとはしなかった。エレベーターのドアが開くと、三井は足早に去っていった。

「……」

三井先生が抜けてしまったらひどい状況は変わらないどころか、もし私が来なければ救命は破綻していただろう。三井先生は自分の代わりに私を呼んだのだ。そこまでして救命を辞めなければいけないというのはよほどの事情があるのだろう。

それがわかるから、せめてその事情を打ち明けてくれたらと緋山は悔しく思うのだ。

＊＊＊

　この日、七度目のホットラインが告げたのはかなり大規模な事故だった。「かずさ七夕まつり」で山車《だし》が横転し、民家へと突っ込んだのだ。負傷者多数だが詳細は不明。白石と緋山、そして冴島がドクターヘリで現場へと向かった。

　ヘリが着陸した空き地を抜け、祭りの見物客とやじ馬でひしめき合う商店街の通りを消防隊員の誘導に従い、三人が人混みをかき分けて進んでいく。事故現場に近づくにつれて喧騒がひどくなり、行き交う人々の表情にその混乱ぶりが見てとれる。やがて軽傷者のうめき声が混じりはじめた。

「患者は何人ぐらいですか？」

　救援本部前で合流した消防隊長が白石の問いに答える。「まだ把握できていませんが、歩ける人を含めると十五名程度です」

　白石の表情に緊張が走る。やがて、ひっくり返った色鮮やかな山車と半壊した民家が見えてきた。大破した山車から飛び散った装飾物や木材の破片がそこらじゅうに散らばり、崩れた民家の壁や割れたガラス片も散乱している。そのなかに負傷者の姿もある。

　四十代とみられる太った女性が苦痛に顔をゆがめながら、「足、ひかれたのよ」と救急隊員に訴えている。そのすぐ脇には三十代と思われる浴衣姿の女性が倒れている。さらに向こうには将棋倒しになったケガ人が五、六名。

「先生、こっちもお願いします！　意識ありません」

山車のそばにいた救急隊員が三人に向かって声を上げた。彼の足元には祭り装束の四十代の男性が倒れている。

緋山が女性たちのほうに向かいながら白石に言った。

「ここの二人は私が診る」

「頼んだ」白石は男性のほうへと向かいながら携帯で病院に連絡を入れる。

「負傷者十五名ほどで、赤[※1]も何人か出そうです。橘先生を残して藤川先生とフェロー三人、現場に派遣してください」

携帯を切ると、白石は倒れている男性の診察を始めた。

呼びかけにも反応がない。どうやら山車から転落したようだ。白石は脇で様子をうかがっていた救急隊員に言った。「挿管しましょう」

一方、緋山は冴島のサポートを受けながら浴衣女性の救命処置をしていた。こちらは山車にはね飛ばされた可能性が高い。

「左上腕骨折。意識レベル三桁、呼吸も弱い。酸素とエコー」

冴島は緋山の指示を的確にこなしていく。緋山は浴衣女性の超音波画像診断をしながら消防隊長に指示を出す。

「そっちの足をひかれた女性は黄色タグ[※2]です。後発の医師に診させます。歩ける人たちは緑タグ[※2]をつけて安全な広い場所に集めてください」

「わかりました。この先のスーパーの駐車場に集めます」

商店街近くの空き地に再びドクターヘリが着陸した。藤川とともに降り立ったのは名取と横峯だ。事故現場に近づくにつれ、人々のうめき声や叫び声が聞こえはじめ、異様な空気へと変わっていく。想像を超えた混乱ぶりに横峯は息を飲む。うろたえていることを悟られないように、名取は声音を抑えてつぶやいた。

「すげえな……」

立ちすくんでいる二人に、落ち着いた声で藤川が言った。

※1 赤
災害時、多数の負傷者が発生した際に、負傷者の緊急度や重要度に応じて適切な処置や搬送を行うために優先順位を四段階で色分けし、右手首につけるトリアージタグのことを言っている。赤は「最優先で治療・搬送」を表す。

※2 黄色タグ、緑タグ
トリアージタグのこと。黄色は「念のため搬送」を、緑は「搬送の必要なし」を表す。

「行くよ」

走りだした藤川のあとを名取と横峯が慌てて続く。


白石が転落男性の挿管を終えたとき、山車の裏から消防隊員が叫んだ。

「先生、山車の下に女性がいました。こちらお願いします！」

「わかりました！」と白石が叫び返したとき、藤川がやって来た。

「白石！」

「この男性、お願い。意識は三桁。呼吸音は左右とも正常。お腹と骨盤はまだ診てない。

私は山車のほうに行く」

「わかった。行ってこい」とうなずき、藤川は白石に外傷バッグを渡した。すぐに白石は山車の裏に向かって走りだす。

藤川は処置をしながら名取に言った。

「君はそっちの緋山先生のフォローに入って」

「わかりました」と名取は緋山と冴島のもとへ向かう。

続けて藤川は、「君は」と、顔面蒼白で目が泳いでいる横峯に声をかける。

「ちょっと、聞こえてる？」

「……は、はい……！」

「こっち見て」と、藤川は横峯に向かってにっこりと笑ってみせた。

「深呼吸して。まずは落ち着こうか」

横峯は深く息を吸い、大きく吐いた。おぼろげだった周囲の光景が輪郭を持ちはじめた。藤川のおだやかな声が耳に届く。

「君は1ブロック先のスーパーの駐車場にいる軽症の人たちを見てきて。状態が悪化してる人がいたら上の先生を呼んで」

指示を聞き終えるとすぐに、横峯は駆けだした。

倒れた山車によって半壊した民家の前を過ぎようとしたときだった。中から消防隊員が出てきた。青いスクラブ姿の横峯を見て、叫ぶように言った。

「先生、ケガ人です！　家の中です。安全確認がとれたので、中、お願いします！」

「え……いや、でも……」と横峯は困ったように藤川のほうに目をやる。

「早く！　こちらです！」

迫力に押され、「わ、わかりました」と横峯は消防隊員について行く。瓦礫と化した壁をよろけながら踏み越え、中へと入る。家財道具と柱や屋根などの破片が散らばっており、足元がおぼつかない。ひと足ごとにホコリが舞う。

「先生、お願いします！」

「わかりました」と横峯が視線を向けると、前に立っていた消防隊員が体をずらした。

目の中に飛び込んできたのは、山車と民家の壁の間に立ったまま挟まれた幼い少年の無残な姿だった。

「!!……」

法被に腹巻、頭にはハチマキを巻いている。きっと、ほんのちょっと前までは目を輝かせて七夕祭りを楽しんでいたのだろう。しかし、今やハチマキは血で染まり、身動きひとつとれない状態になってしまっている。

「……え……」

目の当たりにした悲惨な光景に、横峯の頭は真っ白になった。

山車の下敷きになっていた女性の処置をしている白石のもとへ、血相を変えた横峯が駆け込んできた。

「先生！　白石先生！」

白石は動じることなく、「どうしたの？」と返す。

「中の、だ、山車と家の間に……」

「ちゃんと言って」

「は、挟まってるんです……子供が……！」

白石は、一瞬横峯に目を向けたあと、もしや……と手当てをしている女性に視線を戻し、その手を握った。耳元に口を寄せて尋ねる。

「お子さんがいるんですか？　もしそうなら、私の手を握ってください」

白石の声が届いたのか、女性は弱々しく握り返してきた。

「その子はどこ？」

「中です。家の中……」

「今、誰が診てるの？」

横峯は答えられず、口をつぐんだ。白石の瞳が大きく広がる。

「放ってきたの？」

白石は語気を強めた。「誰もいないなら呼んで。なんのためにシーバー持ってるの？」

「あ……」と横峯は胸ポケットのトランシーバーに触れた。

「あなたはこの女性を見てて。バイタルの変化に気をつけて。中の状況を確認してまた指示を出すから」

「……はい」

白石は横峯に女性を預けると、壊れた民家に向かって駆けだした。

藤川が救急隊員や消防隊員と協力して転落男性の背中にバックボード[※1]を入れたとき、「藤川先生！」と灰谷が走ってきた。

「来たか。じゃ君もスーパーの駐車場へ行って。軽症者がかなりいる。今、横峯が一人だから応援に行ってやって」

「はい……えっと、じゃあ」

広場とは逆方向に駆けだしていく灰谷に、藤川は慌てた。

「ちょっとちょっと！　逆！」と叫びながら「あっち」と逆方向を示す藤川にうなずき、灰谷は踵を返した。

足元を慎重に確認しながら白石が民家の中へ入る。その奥に壊れた壁と山車に挟まれた少年の姿があった。顔は血色が失せて青白く、呼吸も弱い。かなり危険な状態だ。

「先生！」とじりじりしながら見守っていた消防隊員がすがるような声を上げた。白石はすぐに呼吸や頚動脈、瞳孔の反応を確認する。

「対光反射[※2]が弱い……救出、急いでください！」

消防隊員はうなずき、レスキュー隊員を呼びに出ていく。白石は少年のハチマキを外すとトランシーバーを取りだした。

「緋山先生、そっちどう?」

「太った女性は下肢の開放骨折[※3]だけ。もう一人は脱気[※4]したら安定した」

「小児バッグ持ってこっち来れる?」

「OK。フェローに管理任せてそっち行く」

※1 バックボード
脊髄損傷が疑われる患者の容体を悪化させないよう、体を固定して運ぶための板。

※2 対光反射
光の強弱によって、瞳孔が大きくなったり小さくなったりする反射機能のこと。対光反射を見ることで、いち早く神経障害や脳の障害を把握することができる。

※3 開放骨折
皮膚を突き破って折れた骨が突きでてしまう骨折のこと。

※4 脱気
気胸(なんらかの原因で肺から漏れた空気が胸腔内に溜まり肺を圧迫することにより、肺が空気を取り込めなくなる状態のこと)の際に、胸腔内まで注射針を刺して、溜まった空気を抜くことで肺を元通りにふくらませる治療法。

少年を挟んでいる山車の木材が邪魔をしてうまく挿管できない。白石が悪戦苦闘していると、緋山が到着した。

「八歳ぐらい？……これ、体勢厳しいね」

「上からアプローチするしかない」

「わかった。サポートする」


スーパーの駐車場では灰谷が、十数名の軽症者を相手に右往左往していた。ケガ人たちは青いスクラブ姿の灰谷を見つけると、我先にと殺到するのだ。

「先生、ここ血が止まらないんですけど」

「はい、今」

「先生、痛いよ。爪がはがれちゃった」

「はい、次、診ますから」

灰谷は助けを求めて辺りを見回すが、なぜか横峯の姿がない。

「横峯先生、どこ……？」

そのとき、しゃがみ込んだ男性を支えた救急隊員が「先生！」と叫んだ。「急に意識レベル下がった人が……」

灰谷はそちらに向かって駆けだした。

「よし、入った」

二人がかりでようやく少年への挿管は成功した。

「OK。骨髄針入れよう」と緋山が少年から離れたとき、胸のトランシーバーから名取の声が聞こえてきた。

「緋山先生、名取です。聞こえますか？」

緋山はすぐにトランシーバーを手にとった。「何？」

「出血があります！」

「出血？　どこから？」

「なんか……腰の辺りから……」

「腰？　あんたが診てるの浴衣のほうだよね？」

「あ、すいません！　開放骨折の女性が……」

「ああ、そっちか……」

※骨髄針
緊急時、静脈の確保が難しいときに、骨から直接薬剤を投与するために用いる針。

緋山の脳裏に「痛い痛い」と騒いでいた太った女性の姿がよみがえる。ふと何かに気づき、緋山の表情が変わった。一瞬考え、「白石」と声をかける。白石は緋山の意をくみ取ると「大丈夫。行って」と言った。

緋山はうなずき、その場を離れた。

緋山が横転した山車の表側に戻ると、冴島が浴衣女性をストレッチャーで運びだそうとしていた。

「そっちは大丈夫？」

「安定してます」

緋山は開放骨折の四十代女性のほうに駆け寄った。安堵の表情を浮かべる名取に叫ぶ。

「エコーこっちちょうだい。早く！」

名取は慌てて超音波診断装置を緋山に渡す。緋山は装置を女性のおなかに当て、モニター画像を確認する。

「やっぱり……太ってて見落とした……」

画像には胎児の姿が映っていた。

「妊娠してる。破水だ」

「……え……」

名取は苦痛に顔をゆがめる女性を呆然と見下ろした。

「まだ動かせませんか？」

レスキュー隊員に白石が切迫した表情で尋ねる。しかし、レスキュー隊員は首を振る。

「ダメです。スプレッダーで山車と壁の間を拡張しないと動かせません」

点滴をシリンジで流したとき、少年の腕が不意に脱力し、手から紙切れが落ちた。

「レベル低下……？」

白石は少年の手から落ちた紙切れを救命バッグの上に置き、瞳孔確認のために顔を覗き込む。そのとき、トランシーバーから声がした。

「白石先生、駐車場の灰谷です。急に呼吸状態が悪くなった人が……」

白石は少年の状態を気にかけながら灰谷に応じる。

「悪いってどれくらい？　サチュレーションは？」

「90％切ってます。意識が……」

「酸素投与した？　意識レベルが下がってるなら気道確保して」

そう言って、白石は少年の瞳孔を確認しはじめた。話は済んだと思ったらトランシーバーの向こうから不安げな声が聞こえてきた。

「……挿管するんですか？」

「当たり前のこと聞かないで！」

思わず声を荒らげてしまった自分に、白石はハッとなる。

「やれるだけやって。すぐに誰か行かせるから」

「は……はい……」

白石は少年の小さな頭を支えながらトランシーバーに言った。

「藤川先生、行ける？」

「悪い。転落の男性が骨盤骨折でショックなんだ」

どうすればいい……？

白石は隣で懸命に作業をしているレスキュー隊員のほうに振り向いた。

「救出まであとどれくらいですか!?」

「三十分です！」

少年の瞳孔はすでにかなり大きく開いている。

「まずい……」

白石は腕時計を確認する。十八時十五分。白石は携帯を取りだし、かけた。

「お願い、まだいて……！」

「はい。脳外科医局です」

その声を聞き、白石の心に希望の光が射す。

「藍沢先生？」

「白石か？」

「頭部外傷で意識不明の少年がいるの。七、八歳。壁に挟まれてまだ動かせない。救出までをあと三十分――」

「もういい、わかった。現場に向かう」


藍沢は受話器を置くとヘリポートに向かって駆けだした。かつて何度となく走ったルートだ。走りながら白石や緋山、藤川らと過ごした救命での日々がよみがえってくる。


ヘリポートでは町田からの連絡を受けたドクターヘリがローターを回しながら待機していた。藍沢は開いたドアからヘリに飛び乗り、よどみなくシートベルトとヘッドセットを装着する。かつてと違うのは、身につけているスクラブの色が青ではなく黒だということだけだ。ヘッドセットからなつかしい声が聞こえてきた。

「藍沢先生か」

パイロットの梶だ。

「お久しぶりです」

梶はヘリを操縦しながらニカッと笑い、「現場まで八分だ」と伝えた。

着陸したヘリから藍沢が飛び降りると、入れ替わるように藤川が患者を運び込む。

「白石と子供は民家の中だ。頼む」

「わかった」

上昇するヘリが巻き起こす風が七夕の短冊飾りを激しく揺らすなか、藍沢が現場に向かって駆けていく。

横転した山車の前では緋山が懸命に妊婦の治療を行っている。通りがかった藍沢が持ってきた小児用キットを、「使え」と緋山に渡した。

「サンキュー」

緋山はキットを開けながら、去っていく藍沢の背中に毒づいた。

「来るならもっと早く来いよ」

藍沢が壊れた民家の中へと入っていく。瓦礫の奥に白石と少年が見えた。その横ではレスキュー隊員が懸命に隙間を広げ、少年を救出しようとしている。白石は挿管したチューブと少年の下あごを支え、換気を続けている。

「レベルが下がったのは何分前だ」

「藍沢先生！　五分前にレベルが１００から３００まで落ちた」

白石の報告を聞きながら、藍沢はてきぱきと少年を診断していく。

「脳ヘルニア※1を起こしてる」

「救出まで二十分。病院までもつ？」

「無理だな。ここで穿頭《せんとう》※2する」

藍沢はすぐに脳外科キットを開けて準備を始めた。そこに冴島がやって来た。

「三十代女性、救急車で搬送されました。こっちに入ります」

藍沢はすぐに冴島に指示を出す。手際よく準備を進めながら藍沢は白石に言った。

「何してる」

※1　脳ヘルニア
脳が本来の位置からずれていることをいい、ただちに処置を必要とする状態。

※2　穿頭
頭の骨に小さな穴を開けて手術を行うこと。

「え？」

「お前が一番重い患者につきっきりでどうする。現場は指揮官を求めてる」

その言葉に白石はハッとなる。藍沢は少年から目を離さず、手を動かしながら続ける。

「消防も救急も警察も目的は同じだ。ひとつでも多くの命を救うために仕事をしている。その方法を一番よく知っているのが医者だ。だから現場は医者の判断で動く。だが、医者がただ大勢いたところで機能しない。引っ張っていく人間が必要なんだ」

藍沢の言葉がすとん、と白石の心に落ちていく。

「白石、指揮官になれ」

白石は顔を上げ、藍沢を見つめた。藍沢は少年の頭にメスを入れ、創《そう》を広げていく。

「お前は仲間の能力をよく知っているし、患者とその家族両方のことを考え、決断することもできる。ほかの組織の人間ともうまくやれる。治療ができる医者はほかにもいる。緋山も、藤川も。それに……」

「……」

「俺もいる」

「……」

藍沢は一瞬白石へと目をやり、すぐに少年へと戻した。

「行け」

白石はフッと息を吐くと、冴島に持っていた治療器具を渡した。

「バーホール※が終わって救出できたら、この子を第一優先で搬送して。消防とＣＳには伝えておく」

「了解」

「わかりました」

藍沢と冴島は同時に答えた。二人に信頼の眼差しを送り、白石はこの場を去った。

山車の表側では緋山が妊婦の分娩に入っていた。走ってきた白石がその様子を見て尋ねる。「二十分以内にヘリが戻る。どうする?」

「頭見えてるからここで産ませる。日没に間に合わなかったら、こっちは救急車で行く」

「わかった。消防に伝える」と白石はすぐに踵を返した。

※バーホール
頭蓋骨に穴を開けること。

スーパーの駐車場では灰谷と横峯が二人がかりでどうにか倒れた中年男性に挿管を終えたところだった。そこに白石が駆けてきた。

「ごめんね。遅くなった」と、すぐに診断を始める。

「※肺挫傷かもしれないから、この人はライン確保してヘリが来る空き地に運んで」

「はい！」と灰谷が応じる。

「横峯先生は向こうの植え込みに座ってるお年寄り、頬呼吸になってるから再トリアージして」

「わかりました！」と横峯は老人のもとへと走っていく。

フェローへの指示を終えると、白石は救助本部のテントに向かう。現場を指揮している隊長を見つけると言った。「緑タグはバスを借りて運びましょう。上総医大に何名まで受け入れ可能か確認してください」


まだまだ事故の混乱は続いている。

白石は気を引き締め、次にやるべきことを考える。

陽が傾き、辺りを薄紫色に染めはじめていた。

＊　＊　＊

藍沢がその巧みな手技で血腫をどうにか取り除き、一命をとり留めた少年は山車の間から救出されるやすぐにヘリで翔北病院へと運ばれた。

ＩＣＵで藍沢が少年の容体が安定しているのを確認していると、入り口のドアが開いた。藍沢が振り返ると、スーツ姿の男性が顔を蒼白にして立っていた。

「どうされましたか？」

「橋爪悠斗《はしづめゆうと》の父です。祭りの……事故の……」

少年の父親だった。「こちらです」と藍沢は彼をＩＣＵの中に招き入れた。「悠斗くんの治療を担当した脳外科医です」と挨拶し、容体を説明していく。

「肋骨が折れ、肺に出血があります。頭蓋骨の中に血の塊があり、危険な状態だったので手術で取り除きました」

「そうですか……」

※ **肺挫傷**
強い圧迫などで肺がつぶれ、肺の中に血の塊や血液などが溜まった状態のこと。

父親はベッドに横たわる息子の姿を見つけると、ゆっくり近寄っていく。息子は頭と顔に包帯を巻かれ、手足は金具で固定されて、見るも痛々しい姿で眠っていた。

「こんな……こんな……」

父親は絶句し、涙をあふれさせる。かろうじて触れてもいいと思われる右脚を優しくさすった。

「痛かっただろ。痛かったよな。なんでこんな……ごめんな悠斗。お父さん、一緒にいてやれなくて……ごめん……ごめん……」

声を絞りだすようにして息子にあやまりつづける父親を、藍沢は黙って見守った。

父親が落ち着いたところで、藍沢が「どうぞ」とイスを出した。

「あ……すみません。ここにいてもいいんですか？」

「いてあげてください。目が覚めたとき、一人じゃ不安だろうから」

父親はイスに腰かけると重い息を吐いた。「仕事なんか行かなきゃよかった。一緒に祭りに行ってやればよかった……」

藍沢は悠斗の容体を見ながら、父親の話に耳を傾ける。

「約束してたんです、今日だけはって。でも急に仕事が入って……いつもそうで……。仕事って言われるたびに悠斗は……口では平気なこと言ってたけど、寂しい思いしてたんだろうな」

父親の言葉から、藍沢はふとあることを思い出した。ベッド脇のカゴに入れた所持品袋から何かを取りだし、「そんなことはないんじゃないでしょうか」と父親に差しだす。

それは、少年の手からこぼれ落ちた紙切れ…くしゃくしゃになった七夕の短冊だった。

父親が広げると、子供らしいつたない文字が現れた。

『お父さんみたいな駅長さんになりたい』

「……バカだな……」

父親は息子の短冊の願いごとを見つめたまま声を詰まらせる。

「いつも言ってるのに。俺はまだ駅員だよ」

藍沢は優しい口調で父親に言った。

「……目が覚めたら、教えてあげてください」


白石から借りたスウェットに着替えた緋山はすそをたくし上げながら、「なっが。白石って無駄にスタイルがいいよね」とぶつくさ言いながら医局に入ってきた。藤川が振り向き、尋ねる。

「結局、ここに泊まんの?」

「あんたは帰るんでしょ」

「帰りますよ。もう目が限界だよ。カルテ整理したくたって文字が読めねえよ」

そう言うと、「じゃあな」と立ち上がり、出ていった。

緋山は医局を見回し、自分しかいないことに気づき、ムッとなる。

「フェローも帰ってんの？　腹立つわー」

ソファに寝転がったとき、若い看護師が入ってきた。

「すみません、小児科の村野《むらの》ですが」

緋山は起き上がると、「何か？」と尋ねた。

「橘先生は？」

「えっと、まだいると思うんですけど……今はいないですね」

「佐藤《さとう》先生からこちらの検査結果、急ぎでお渡しするように言われたんですけど……」

「じゃあお預かりしますよ。電話してみます」

緋山は看護師から書類の入ったファイルを受け取ると携帯を取りだした。橘にかけながら何げなく書類に目を落とす。半透明のファイル越しに患者の名前がうっすらと見える。緋山はハッとして携帯を切った。

緋山はファイルを橘のデスクに置くと、医局を飛びだした。

私は……バカだ……。

小児科病棟に着くと、看護師から病室を聞きだし、緋山はその部屋をそっと覗いた。カーテンの向こうのベッドには小学校高学年くらいの少年が眠っている。彼の体には補助人工心臓が取りつけられ、ベッド脇の駆動装置につながっている。

ベッドサイドで橘と一緒に息子を見守っていた三井が緋山に気づいた。

「……緋山……」

三井は緋山を連れて病室を出た。待合室のソファに座り、事情を説明しはじめる。心苦しげな緋山とは対照的に三井の声音は淡々としている。

「六年前にわかったの。拡張型心筋症※」

それって……。言葉も出ない緋山に三井はうなずく。

「移植しか方法はない。でも優輔《ゆうすけ》の年齢で心臓移植のドナーが見つかる可能性は限りなく低い……つまり、あの子が生き延びる可能性も限りなく低いってことね」

※ **拡張型心筋症**
心筋の細胞の性質が変わって、心臓内部の空間が大きくなってしまう病気。その結果、血液をうまく全身に送りだせなくなる。18歳未満の子供が心筋症を発生する数は、年間70～100例ほど。

三井は懸命に感情を抑えて話を続ける。

「だからね、できるだけそばにいてやりたい。補助人工心臓をつけて三年近い。たぶん、もうそんなに時間はないから……」

「……」

「ごめん、緋山。今が一番面白い時期なのに。産科医としてやれることが増えてきて、もっとって思う頃よね。そんなときに救命を押しつけて……」

緋山は小さく首を振った。

「本当に、申し訳なく思ってる」

言葉にならず、緋山は敬愛する先輩医師を見つめる。そこにいるのはただただ愛する息子のことを思う一人の母親だった。


昇りはじめた朝日のシャワーがドクターヘリの白い機体を洗い、輝かせている。なぜか無性にこの景色が見たくなって、藍沢はヘリポートに足を運んでいた。体は疲れ切っているはずなのに、心はとても晴れやかだった。

「よかったね。悠斗くん、意識戻って」

いつの間に来たのだろう。背後から声をかけられた。振り向くことなく、藍沢は白石に「なんだ、結局、徹夜か」と返した。

「出動記録まとめてたら、帰りそびれちゃって……」

白石は藍沢の隣に立つと、二つ持っていた缶コーヒーの一つを差しだした。

「……サンキュ」

白石は藍沢の視線の先のヘリを見て、尋ねた。

「どうかした？」

「……いや……」と藍沢はタブを引き、コーヒーを飲む。白石も一口飲み、言った。

「今日はありがとう……助かった」

「俺は脳外科医の仕事をしただけだ」

「そうね」とうなずき、白石は藍沢に視線を移した。「でも、藍沢先生のおかげで目が覚めた。私が指揮官になれって」

「ああ」

「昔はいつも現場に黒田《くろだ》※先生や橘先生がいてくれて、私はその指示に従っていればよか

※ **黒田先生**
藍沢、白石、緋山、藤川のフェロー時代の担当指導医。ある事故が原因で右腕が思うように動かなくなり、外科医としての人生を奪われてしまった。

った。でも、今は私がその役割を果たさなきゃいけないのよね」

「悪いクセだな」

「え?」

「そう背負い込むな」

「……」

「お前はいつも自分のことは後回しにして、救命のことを考えてる。二十四時間。それはみんな知ってる。一人でやろうとするな。もっと周りの人間をこき使ってやればいい。お前が決めたことなら、みんな聞くさ」

「こき使うってそんな」と白石は小さく笑った。

「九年か……」

「ここに来て? もうそんなにたつんだね」

「九年たって、お前は救命の良心になった」

そう言うと、藍沢は白石に背を向けて歩きだす。白石はあとを追うことはせず、藍沢の言葉をかみしめている。ふと藍沢の足が止まり、振り返った。

今の白石になら聞けるような気がする。

「お前ならどうする?」

「……？」

「俺は救命では覚えることはひと通り覚えた。今は脳外のほうが刺激が多くて面白い」

「……うん。わかるよ」

「それだけでいいのか……」

それは自分自身に向けた問いだった。

無表情のまま、でも本気で答えを探しているような藍沢を見て、白石はフッと笑みをこぼした。すがすがしい朝の空気を吸い、そして吐く。

「どっちでもいいと思う」と白石は明るく言った。「脳外科でも救命でも。藍沢先生がメスを握ってさえいてくれれば。だってどこにいたって、あなたは絶対に命から逃げない」

「……」

その言葉を胸に刻み、藍沢は足を踏みだした。


白石が医局に戻ると緋山がどこか暗い表情でポツンと座っていた。

「疲れた？」と白石は気づかうように尋ねる。「大丈夫？」

「ああ、うん。初日からハードだったからね……とりあえず、その辺で少し寝るわ」

出ていこうとする緋山の元気のないうしろ姿を見て、白石は迷った。が、決意し、恩着せがましく言った。「しょうがないな」

「何」と緋山が振り返る。

「いいよ。うち来て」

「……え？」

緋山にマジマジと見つめられ、白石は姿勢を正した。

「でもね、私の言うことには従ってもらうから。家でも、ここでも。緋山先生には、手足になってもらうから」

「は……何それ。あんたの下で働けって？」

「そうよ。だって〝頼れる〟から」

白石の言葉に、緋山はフッと笑う。

「で？　あんたんち、部屋いくつあんの？」

「え？　緋山先生はソファだよ」

「じゃあ、ここと変わんないじゃない！」

自宅マンションのリビングに入るや、「疲れたぁ」と藤川はソファに体を沈めた。寝室のドアが開き、「今、何時？」と寝ぼけまなこの冴島が出てきた。

「ああ、ごめん」と藤川は慌てて立ち上がる。

冴島が壁の時計を一瞥し、「四時……」とつぶやいた。カーテン越しに外がほのかに明るくなっているのがうかがえる。

「もう朝じゃない。なんか食べる？」

「いいよ、いいよ。もう少し寝てろ」

冴島はうなずき、寝室へ引っ込む。藤川は両手を上げて大きく伸びをしたが、下ろしたときに棚の上に置いてあった冴島のバッグに手が当たり、中身がこぼれ出てしまった。

「ああ……」と散らばったものを藤川が拾う。システム手帳から一枚の紙が飛びだしているのに気づき、何げなく眺めた。

「……え……」

それは陽性と記された妊娠判定の検査結果だった。


数日後、救命センターのスタッフ全員を前に三井は退職の報告をした。三井と橘の息子の事情を聞かされ、重苦しい空気がカンファレンスルームを包む。

「いちばん人手がいるときに勝手なことをして……理解してくれて……感謝しています。

ありがとうございます」

三井と一緒に橘も頭を下げる。誰も、何も言えず、沈黙が続く。

頭を上げた橘は空気を変えようと明るく言った。

「さてと、この話はこれで終わりだ。じゃあ、カンファレンス始めるか」

みんなの体からフッと力が抜ける。

「あ、そうだ！　今日はその前にもう一つあるんだ」

再びみんなの体に緊張が走る。

「いやいや、安心しろ。いい話だよ」

橘は微笑むと、ドアのほうへと一瞬視線を走らせた。

「フェローのみんなに新しく加わる指導医を紹介したい」

ドアが開き、フェローたちはあっと驚く。入ってきたのは救命の青いスクラブを身につけた藍沢だった。白石からすでに知らされていた緋山は、「来たよ」と微笑む。藤川も、「なんだよ、藍沢。また俺と張り合う気かよ」とうれしそうに言った。

「脳外科から来た藍沢先生だ」と橘に紹介され、藍沢は言った。

「よろしく」

カンファレンスを終え、医師たちが散っていく。談話スペースに残されていた七夕飾りを見て、藍沢は足を止めた。さまざまな願いが込められた短冊が結ばれている。

ほとんど叶うことのない願い。

それでも人は願いを託す。

『ドナーが見つかりますように』

切実な願い――。

『お父さんみたいな駅長さんになりたい』

無邪気な願い――。

「駅長」の部分に線が引かれ「駅員」に直された悠斗の短冊に藍沢は表情をゆるめる。

その奥に短冊がもうひとつ。そこに書かれた勢いある文字には、やれやれと苦笑する。

エレベーターに乗り込むとあとから白石が乗ってきた。ドアが閉まると白石が言った。

「どうして救命に戻ったの？　トロント大に行きたかったんじゃないの？」

「行くよ。新海に勝って」

「……？」

「脳外は夏は患者が減る。新海と少ない患者の取り合いになる。救命にいれば頭の患者はひとり占めだ。脊髄損傷なんかの神経系も診れる。症例を増やしてアピールできる。

いいことだらけだ」

「……藍沢先生らしい」と白石は笑った。

「それに……救命にはお前がいる」

「え？」

ドアが開き、藍沢はエレベーターを降りた。去り際、チラッと白石を見て、言った。

「お前は面白い」

ドアが閉まったエレベーターの前で白石は首をかしげている。


藍沢は白石が書いた短冊を思い浮かべる。

『黒田先生の救命を超える救命を作る。絶対やる！　わたしたちで‼』

一人では叶うと信じることすら困難な願いもある……そんなときはどうする？

ともに信じてくれる仲間と願えばいい。

2

「親の心、子知らず」ということわざがある。

確かにそうだ。

親にはなっていないけど、今はその心がすごく理解できる。

毎日思うから。

教える者の気持ちを、教わる者はわかってくれているのだろうかと。

＊　＊　＊

「吐いたぁ？」

「そ。よりによってヘリん中で。灰谷だけに吐いたーなんつってな」

「笑えない……で、どしたの」

「アメあげたよ。たまたま持ってたから。んで遠く見てろーって。そしたらめちゃくちゃ素直に遠く見て、アメなめてやがんだよ、あいつ」

初療室で患者の受け入れ準備をしながら、緋山と藤川が盛り上がっている。緋山は、胃痛を起こしているのか、みぞおちをさすっている灰谷をチラと見て、「子供か」とつぶやいた。

「で、今日のヘリの担当は？」

「藍沢と横峯」

「わ、なんかやらかしそう」

「アメなめてたりしてな」

「まさか」

口の中でアメを転がしながら、横峯が窓外を眺めている。できるだけ遠くに視線を向けてはいるものの、なかなか酔いが収まらず「気持ちが悪い……」と小声でつぶやく。

藍沢はそんな横峯を一瞥したが、それ以上は特に気にせず、腕時計を確認。病院に連絡を入れた。

「こちら翔北ドクターヘリ。十七歳女性、右足関節の開放骨折だ。間もなく到着する」

「了解」

ヘリが高度を下げはじめる。口の中でアメぐるんぐるん転がしつづける横峯を無表情で見つめる冴島。それに気づいた横峯は、きまり悪さを押し隠すように笑ってごまかした。

藍沢と冴島たちがストレッチャーで骨折患者を運び込んできた。

「宮本望海《みやもとのぞみ》さん、十七歳。呼吸、循環とも安定してます。妊娠十五週です」

冴島の言葉に、「妊娠!?」と藤川は大げさに反応してしまう。思わず冴島の顔に目がいき、足元にあったバケツにつまずいた。「うわっ」

「何やってんの」と緋山が舌打ちし、「十七歳か……」と患者を見つめる。

そこに横峯が遅れてやって来た。息を整えると、治療に加わろうとする。その青白い顔を見て白石が尋ねた。「大丈夫?」

「すみません。大丈夫です」

二人の会話を聞いていた藍沢が、患者に視線を落としたまま冷たく言い放つ。

「乗り物酔いするヤツがフライトドクターになろうとか、どうかしてるな」

表情をこわばらせる横峯と灰谷を見て、「ファーストミッションで緊張するのは当たり前よ」とすかさず白石がフォローする。

「どうしてそんな言い方するかな」

ムッとする白石を気にも留めず、藍沢は指示を出していく。

「足関節の開放骨折だ。洗浄の準備」

「聞いてないし」

険悪な雰囲気に藤川は緋山に助けを求めるが、緋山は放っておけという顔で自分の仕事に集中している。雪村が洗浄の準備に取りかかりながら、何もしようとしないフェローたちにあざけるような視線を送る。その視線に気づいた灰谷が声を上げた。

「あ、FAST[※1]します！」

そそくさと超音波検査の準備を始める灰谷に、うまいこと簡単な仕事を見つけやがってと名取は苦々しく思う。

「誰か、神経ブロック[※2]してくれ」

藍沢の指示に名取と横峯が視線を交わす。

こいつはやらないな……そう判断すると名取が動いた。隣の灰谷の手から超音波検査のプローブ[※3]をさりげなく取り上げると、「胎児も確認します」と患者の腹に当てる。そして灰谷に、神経ブロックはお前がやれよと無言の圧力をかける。

「坐骨神経だ。わかるな」

藍沢の声に苛立ちを感じ、「あ、はい！」と灰谷がビクンと体を震わせ、麻酔の用意を始めた。一方、名取はモニター画像を確認し、緋山に胎児の状態を告げる。

「あー、見えました。元気ですよ」

余裕の表情で仕事してるぞアピールをかます名取とは対照的に、灰谷はうまく注射できるか緊張で青くなっている。横峯はまだやるべき仕事を見つけられず突っ立っている。

そんなフェローたちをまるで気にかけることなく、藍沢は思うがままに治療を続ける。

今や初療室おなじみとなってしまった光景を見ながら、白石は途方に暮れていた。


「だから、もう少し言い方があるんじゃないのって言ってるの」

言い合いしながら医局に戻ってきた白石と藍沢を見て、余計な弾は浴びたくないと緋山と藤川はそーっと二人から距離を置く。

「あんな言い方して、横峯さんが辞めるって言いだしたらどうするの？」

「あの程度で辞めるなら早いほうがいい」

※1 FAST
お腹の中や心臓周囲、胸の中に出血があるかどうかを確認する超音波検査のこと。救命救急でよく使用される。
※2 神経ブロック
神経やその周辺に局所麻酔を注射して、痛みをなくすこと。
※3 プローブ
超音波検査で患者に当てる部分。

「フェローは大事に育てなきゃいけないの。うちの人手不足を解消するには彼らを一人前にするしかないんだから」

「それで治療が遅れたらどうする。あいつら指導してたので死にましたって、患者の家族に説明するのか？」

「じゃあ、はじめから優秀な若手を連れてきてよ！」と白石は声を荒らげた。「できないでしょ？　救命は今のメンバーでベストを尽くすしかないの。とにかく、その人を突き放すような言い方はやめて」

「俺は頼まれて救命に来ただけだ」と藍沢は冷淡に言い放つ。

「そうね。頼んだ私がバカだった。一週間前の私に言ってやりたいわ。この性格の悪い医者はやめとけって」

藍沢は相手にするのをやめ、デスクからファイルを取ると医局を出ていってしまった。

「あー、もう！　そうよ。ああいう人だった！」

白石はそう言って、手にしていたシフト表のボードを自分のデスクにたたきつけた。

それでも藍沢は、藍沢なりにフェローたちの経験不足と技術不足には危機感を抱いていた。だから、改めて白石から彼らを実地で指導してやってくれないかと頼まれると、特に嫌みも皮肉も言うことなく引き受けた。

二人はＨＣＵ（高度治療室）の患者を相手にフェローの実地訓練を始めることにした。

白石が灰谷に懇切丁寧に中心静脈穿刺《せんし》[※1]のやり方を教えている隣で、藍沢が横峯に胸《きょう》腔《くう》ドレーン[※2]の挿入を指導している。

おそるおそる患者の体にメスを入れる横峯に藍沢は言った。

「何を躊躇《ちゅうちょ》してる。肋間《ろっかん》の上で思い切って開け。何度もやれば出血が増えるだけだ」

「は、はい！」

しかし、極度の緊張で横峯の手はうまく動かない。

「早くしろ」さらに高圧的に命じる藍沢を、隣の白石が「ちょっと」とにらむ。しかし藍沢はまるで意に介さず、横峯にプレッシャーをかけつづける。その圧に押されるように横峯は作業を進める。

※1 中心静脈穿刺
心臓の近くにある太い静脈（上大静脈、下大静脈）に針を刺すこと。

※2 胸腔ドレーン
胸腔内に溜まった空気や液体、ウミを取り除くための、細いプラスチック製のチューブ。肋骨と肋骨の間を一部切開し、胸腔内に挿入する。

「あ……」

ドレーンの先が皮下組織に迷入してしまった。

藍沢はため息をつきながら、「おみごと。皮下組織に命中だ」と冷たく言い放つ。

「すみません。できません」と横峯は手を引いた。

「現場でもそうやってサジを投げるのか。ドクターヘリでは医者はお前一人だ。隣にいちいち教えてくれる指導医はいない」

私への当てつけかよ、と白石は再び藍沢をにらむ。手取り足取りという感じで教えてもらっている灰谷も肩身がせまい。

「しかも現場の患者はたいてい状態が悪い。お前が失敗すれば患者は死ぬし、何もしなくても死ぬ」

「……や……やります……」

横峯は意を決して再度挑戦するが手が震えてしまっている。見ているだけで灰谷も緊張し、反射的にえずいてしまう。白石は慌てて灰谷に声をかけた。

「ちょ……大丈夫よ。あなたに言ってるわけじゃないから。深呼吸して」

ため息をつき、白石が助けてやろうと隣のベッドに行こうとしたとき、怒鳴り声がHCUにとどろいた。

「絶対に無理だ！」

室内の医師と看護師が一斉に声のするほうを振り返った。

一番奥のベッドに先ほど運ばれた十七歳の妊婦、宮本望海がいる。ベッド脇には緋山と名取がいて、冴島は骨折用の固定器の調整をしていた。

怒鳴り声を上げたのは、望海の父親の勉《つとむ》だった。

「産むなんて冗談じゃない。久々に連絡が来たと思ったらこれか！」

望海はフンと顔をそむける。

「おい、聞いてるのか！」

「お父さん、少し声が……」

緋山にたしなめられ、勉は我に返った。「あ……すみません」

「どうされるかはよく話し合って決めてください。望海さんはまだ十七歳ですし」

「堕ろすの？　それはないって」

望海のあっけらかんとした態度が、再び勉の怒りに火をつけた。

「……お前……っ」

「だって思ったんだもん。ママになるのもアリだなぁって」

「バカやろう!!　十七の娘が家にも帰らずフラフラしてるからこんなことに……」

「帰るわけないじゃん。こんなうるさいオヤジしかいない家」

「親がうるさいのは当たり前だ！」

このままではらちが明かないと思った緋山は勉に言った。

「お父さん、こちらでご説明します」

「ほーら、あんたは迷惑なんだよ」と望海が憎まれ口をたたく。

勉は「すいません」と頭を下げ、緋山と名取に従いＨＣＵを出ていった。

「最悪」

吐き捨てる望海を、冴島が複雑な思いで見つめた。


説明など必要ない、子供は産ませない、の一点張りの勉を緋山と名取でどうにかなだめ、検査が終わったらきちんと話し合うことを承知させた。説明室を去る勉の背中を見ながら、名取が緋山に言った。

「俺、ああいうオヤジ苦手なんすよ」

「あんた、免疫ないんでしょ」

「まぁ、うちは名家ですから。家族で怒鳴り合うとか信じられませんね」

「何、あんた、お父様とか呼んじゃってたりするの？」

茶化す緋山に名取は返した。

「呼んでもいいくらい、いい父親ですよ。うちの父は」

しかし、その表情にはなんの感情もなかった。

＊＊＊

食堂で白石、緋山、藤川の三人が昼食をとっている。鬱陶《うっとう》しいくらい話を聞いてもらいたい雰囲気を醸しだす藤川を無視し、白石と緋山は望海について話している。

「十七歳で子供か……迷うところだね」

白石の言葉に緋山もうなずく。「リスクが高いこともあるけど、これからの人生も左右するからね……妊娠ってホント、タイミングが難しい」

「はあああ」と大げさにため息をつく藤川に、ようやく緋山が反応した。

「なに、藤川」

「え？　いやべつに……」

「聞いてもらいたいんでしょ」

そこに藍沢がやって来て、隣のテーブルについた。藤川は思い切って、口を開いた。

「いや実は……あいつもさ……妊娠してるみたいなんだ」

白石も緋山も一瞬、藤川が誰の話をしているのかわからない。

「……あいつ……？」

ようやく白石が気づいた。

「……って、冴島さん？」

藤川は妊娠検査表を見てしまったことを話し、二人に尋ねた。

「なんで言ってくれないのかな？」

「知らないよ。言わないってこともあるでしょ」と緋山が答える。

「なんで？　普通言うだろ？」

「あんたの子じゃないとか？」

からかう緋山に、「冗談でもやめろよ！」と藤川が気色ばむ。

「ていうか藤川先生、まず人に言っちゃいけないと思う。そんな大事なこと」

白石に指摘されて、藤川はハッとなる。

「言っちゃダメなの？」

「あったり前でしょ。あんたバカなの？」

緋山の言葉に、藤川は青ざめる。

「そういうもん？　……あいつ、怒るかな？」

「一生言われるか、もう別れるかどっちかだね」

「そんなの!?……ヤバいなあ……ヤバいなあ、これ」

うろたえる藤川を見て、今まで隣で黙って聞いていた藍沢が口をはさんできた。

「ひとつ確認してもいいか？」

「？」と藤川が藍沢を振り向く。

「お前ら、付き合ってたのか」

「……え……」

「そっからぁ？」と緋山はあきれた。


スタッフステーションでは灰谷がスマホの画面を見つつ、右手首を強く押していた。痛みに耐えながら何度も押しつづける。乗り物酔いに効くツボがちょうどその辺らしいのだ。隣では横峯もやはりスマホの動画を見ながら両手を動かしている。そこに名取が入ってきた。熱中している二人に、「お前ら、何見てんの？」と尋ねる。

「胸腔ドレーンのやり方」と横峯が答える。

「熱心だねえ。お前は？」と、灰谷のスマホを取り上げた。

「乗り物酔いのツボ？」

「あ、いや!」と灰谷は慌ててスマホを取り戻す。

超音波検査室でエコー検査をしながら、緋山は望海から事情を聞いていた。

「三か月も？　家に帰ってないの？」

「高校やめて今バイトしてるとこで働きたいって言ったら、急に怒りだして」

「……そう。いいわよ、もう起きて」

ベッドから身を起こそうとする望海を雪村が介助する。

「とにかく私のことは全部、自分の思い通りにしなきゃ気が済まないの。あいつは」

「そうなの？」

「ほかのことはなーんも思い通りにならないからね」

「……？」

緋山の表情を見て、望海は続けた。

「つまんない人生送ってんの。出世するわけでもない。何か趣味があるわけでもない。女がいるわけでもない。女どころか友達もいないよ。どうせ会社でも誰からも相手にされてないんだ。毎日七時にぴたーっと帰ってきて。ホント何が楽しくて生きてんだろ。クソおやじ」

「でも今回は、お父さんとちゃんと話し合わないとね」

「……はーい」

緋山は超音波検査の結果と血液検査の結果を見ながら、何ごとかを考えていた。


中庭にはキャアキャアという子供たちの楽しげな声が響きわたっていた。ビニールプールで小児科に入院している子たちが遊んでいるのだ。緋山は辺りを見回し、付き添いの看護師の村野に声をかけた。

「すみません。橘先生、いらしてないですか？」

「あれ？　さっきまでいたんですけどね」と村野も辺りを見回し、首をかしげた。

「水遊びですか。楽しそうですね」

「今日は暑いから……あ、ほら！　あんまり濡らしちゃダメよ！」

村野が子供たちのほうへと向かう。プールから少し離れたところに車イスに乗った少年が見えた。橘と三井の息子、優輔だ。はしゃぐみんなをうらやましそうに眺めている。三井も一緒に付き添っている。

「おーいみんな！　水鉄砲持ってきたぞ！」

水鉄砲を入れたカゴをさげ、やって来たのは橘だった。子供たちは歓声を上げながら、橘のほうへ群がっていく。

「おいおいおい、慌てんな。いっぱいあるから」

いつも見慣れた橘とはまるで違う様子に、思わず緋山は頬をゆるめる。橘は子供たちに水鉄砲を渡し終えると、息子に歩み寄った。

「ほら。優輔もやってみろ」

「うん」

優輔は橘から水鉄砲を受け取ると引き金をひいた。水鉄砲の先からかなりの勢いで水が飛びだす。

「結構、飛ぶね」と優輔は楽しそうに橘に言った。上に向けて発射すると弧を描いた水の線が陽光に反射してキラキラと輝く。

「虹、出るかな」

三井が、「どうかな、やってみよう」と優しく応える。

優輔はうなずき、夏空に向かって何度も引き金をひく。細い水の線の向こうで子供たちがはしゃいでいる。ついそちらに向けてしまった顔に突然水が飛んできて、橘は「うわっ」と声を上げた。

水鉄砲を向けた優輔がイタズラっぽく笑っている。

「お前……」

優輔は続けざまに橘の顔に水鉄砲を発射する。

「うわっ、やめろ。おい！　なんでお前、顔ばっか狙うんだよおい。やめろって」

手で水をよけようとする橘を見て、優輔はケラケラと笑った。

「大丈夫だよ、お父さん」

「……？」

「僕、十分楽しいよ」

心の中を読まれて橘は言葉をなくす。三井はこみ上げる涙を押し戻そうと、うつむく。

バツが悪そうに視線をそらすと、橘は緋山の姿を見つけた。

「おう、緋山、なんだ」

「あ、すみません」

優輔は橘に笑いかけ、言った。

「いいよ。仕事してきて」

「うん。じゃあ」とうなずき、橘は緋山のほうへと歩きだす。

「どうした」

「患者のことでご相談したいことがあるんですけど……」

緋山の話を真剣な表情で聞いている橘を、優輔が誇らしげに見つめている。

ヘリポートに駐機したドクターヘリの機内で冴島が備品のチェックをしていると、

「あの…ごめん、ちょっと……ちょっとだけいいかな」と藤川が顔を覗かせた。

「何？」と冴島が作業をしながら応える。

「……見ちゃって。検査表……」

それで今日、〝妊娠〟の言葉に反応したのか……腑に落ちた冴島に藤川が続ける。

「なんで言ってくれないんだよ。俺の問題でもあるだろ？」

藤川から視線をそらし、冴島は言った。

「まだ産むかどうか決めてないから」

「え……」

それは予想だにしなかった言葉だった。

俺との未来は考えられないのか……。動揺を懸命に抑え、藤川はつぶやいた。

「そっか……そうなんだ……」

弱々しい声に冴島はハッとなる。

「あっ……違う。そうじゃないの」と慌てて言った。

「え？」

「今は仕事が面白いの」

「あ……ああ」

「やっと、ひと通りのことができるようになった。部下もできた。信頼してくれる上司もいる。今が一番やりがいを感じてるの」

「……そうだよな」

「考えたい。いろいろ……」

「うん」

「ごめん」とあやまると冴島は行こうとしたが、振り返って言い足した。

「だから、今は誰にも言わないで」

「うん。……あ……」

藤川の目が泳ぐのを見て、冴島は真顔になる。

「……言ったの？」

藤川が顔色をなくしていく。冴島は怒りのため息とともに舌打ちし、足音高く去っていく。その背中を見送りながら、藤川は恐怖に身を震わせるのだった。

資材室の前を通ったとき、藍沢は横峯の姿を見つけ、足を止めた。スマホの見本動画を流しながら、人体模型を相手に胸腔ドレーンの練習をしているのだ。何やってるんだ……と思いつつ、おぼつかない手つきにイライラしてくる。「おい」と思わず声をかけた。振り向いた横峯はドアのところに立っている藍沢に仰天した。

「わっ、はい！」

「ちょっと来い」

「え……はい……」

人体模型をストレッチャーの上に置きっぱなしにして、横峯は藍沢を追いかけた。

ＩＣＵでは白石が灰谷に患者の処置をさせていた。なぜか器具を持つ右手がブルブル震え、うまく処置できない。

「どうしたの？」と白石は灰谷の手元を見た。

「あ！　いやこれは……」と灰谷は慌てた様子で白石に顔を向ける。

「どこかにぶつけた？　手、動かせてないじゃない」

「こ、これはツボを……」

「ツボ？」

「……を落としそうになって……で、受け止めたときにちょっと……」

灰谷が挙動不審になりながら言い訳しているところに、藍沢と横峯が入ってきた。藍沢は眠ったままの患者のベッドに横峯を連れていく。患者の管理をしていた雪村が怪訝そうに二人を見る。

「ほら、やってみろ」

「え……?」

「せっかくこんなに患者がいるのに、なんで人形なんかで練習するんだ」

「いや、でも……」

「安心しろ。この大量胸水※の患者は意識がない。お前がどんなにヘタクソでも文句を言わない。最高の練習台だ」

「……練習台って……患者さんをそんなふうに……ご家族が聞いたらなんて思うか……」

藍沢はやれやれという顔をしながら、厳しい口調で返す。

「医者は生身の人間で練習する以外、うまくなる道はない」

戸惑う横峯を見かねて白石が割って入った。

※ **胸水**
胸腔内に異常に多量の液体が貯留した状態。

「藍沢先生、少し言い方が……」

藍沢は白石に向き直ると、言った。「ここには腕を磨くのにちょうどいい重症患者が山ほどいる。若い医者がわざわざこの病院を選んでくるのに、ほかに理由があるのか」

「そんな……ひどいです……患者さんはモノじゃありません！　藍沢先生は人として最低です！」

目に涙をためて訴える横峯のセンシティブさに白石は驚く。藍沢はあきれてしまい、「相手にしてられない」と出ていってしまった。

泣き崩れる横峯の肩に手を置きながら、白石が優しく話しかける。

「あのね、横峯さん。わかるよ。でもまずは少し落ち着こうか」

「すみません……でも、あんな……！」

そんな横峯を、雪村があきれ顔で眺めている。灰谷が手を震わせながら事の成り行きを不安そうに見ている。

「はぁ……」白石はため息をついた。


白石と緋山が乗ったエレベーターのドアが開き、冴島が乗り込んできた。緋山は平静をよそおったが、白石は動揺が顔に出る。見ちゃダメと思いながらも無意識のうちに横に立った冴島の顔に視線が向けられる。

「なんですか？」と冴島が白石に言った。

「え？」

「聞いたんですよね？　藤川先生から」

「あ……」

白石は開き直り、「どうするか決めてるの？」と尋ねた。

冴島は答えない。白石は続けた。

「どうするにしても早めにヘリは降りたほうがいいと思う。現場は危ないし、体にも負担がかかるから」

「……そうですよね。一人しかいないフライトナースが現場で体調崩したら仕事にならないし、患者の命を危険にさらしますよね」

「あ、いや、そうじゃなくて私は……」

「友達として言ってくれてるんですか？　それとも現場責任者として？」

「それは……もちろん、友達として……」

「だったら何も言わないでください」

エレベーターが止まると、冴島はさっさと出ていってしまった。

白石は新たに生じた問題に思わず声を上げていた。

「もうっ……どうしてみんなこうなのっ」

「あんな怖かったっけ……」と緋山がつぶやく。

白石がすかさず返す。

「あんなだったよ」

＊＊＊

白石がスタッフステーションに戻ったとき、本日最初のドクターヘリ要請があった。神奈川県の石ヶ浦マリーナで、クルーザーを海から吊り上げている最中に留め金が外れて落下し、運悪く居合わせた三十代女性と子供に衝突したのだ。

即座に藍沢と冴島、そして横峯がドクターヘリで出動。ヘリが離陸するや、藍沢は消防と連絡を取り、情報収集を始めた。

「患者情報、入ってきてますか？」

「すみません、負傷者二名とお伝えしましたが、もう一名いました。母親と七歳の女の子、四歳の女の子、姉妹のようです。やはり船とぶつかったようで上のお子さんは腹痛を訴えています。下のお子さんは意識レベルはほぼクリア。呼吸は安定しています」

「了解しました」

いまだヘリでは緊張の色を隠せない横峯に藍沢が言った。

「患者が三人に増えた」

「一人は私が……」

「いや、三人任せる」

「え？」

「いい機会だ。お前一人で三人全員をどうにかしろ」

「え……いやでも……」

「フライトドクターはお前だ。俺はただの付き添い。お前の指示に従う」

そんな……絶対に無理……。

しかし、本音を漏らした瞬間、藍沢に見限られてしまうだろう。横峯はこみ上げてくる不安を押し殺し、口を固く結んだ。

マリーナの駐車場に着陸したヘリから三人が飛び降りる。先導する消防隊員のあとを追って横峯が先頭で走る。そのあとを藍沢と冴島が続く。

到着した事故現場にはすでに二台の救急車が到着していた。横峯が一台目の中を覗くと、七歳の少女が繰り返し「痛い、痛い」と悲痛な声をあげながらストレッチャーに横たわっていた。

「聞こえますか？　お名前は？」

横峯は触診しながら少女に尋ねる。少女は腹痛を訴え、激しく身悶える。

「腹部に圧痛。胸部、骨盤には異常ありません。バイタルもう一度測ってください」と救急隊員に言うと、横峯は二台目の救急車へと走った。母親と思われる三十代の女性が横たわって痛みに顔をゆがめつつも、娘たちを心配している。母親の隣には四歳の少女が座っている。

「翔北救命センターの横峯です。どこかつらいところはありますか？」

「私は大丈夫ですから、娘たちのほうを……」

聴診を終えてモニターでバイタルの安定を確認し、藍沢に伝えた。その直後、四歳の少女の小さな体がグラリと揺れ、崩れ落ちるように倒れた。顔面蒼白で目もうつろ。ぐったりとしている。

「さやか？」と母親が声を上げる。

横峯はすぐに少女を診断し、藍沢に叫んだ。

「意識レベル、悪いです！」

少女の足を上げ、体の下に毛布を敷きながら藍沢は言った。

「それで?」

「……そ、それで……?」

横峯の頭の中は真っ白になる。

それで……どうすればいいの!?

「まずは順番を決めろ」

「あ、はい!」

具体的にやるべきことを指示されて、横峯は少し落ち着きを取り戻した。

「まず、この子をヘリで翔北に運びます。タッチ・アンド・ゴーでピストンして、七歳の子もうちに。その間にお母さんは救急車で近くの病院に運びます」

「悪くない。ただ七歳と四歳だ。親と一緒のほうがいいだろう。白石にベッドの空きを確認して、母親も翔北に搬送してやれ」

「あ……わかりました」

さっそく携帯で白石に連絡を取る。母親搬送の許可が出た。携帯を切ると、横峯は妹のさやかをヘリへと運び込んだ。

「左の側頭部に血腫がある。ＥＤＨ[※1]かＳＤＨ[※2]だろう。病院に着いたらすぐにＣＴを撮って、脳外の新海にコンサルしろ」

藍沢の指示に横峯は「はい」とうなずく。

「母親はどうする？」

自分もヘリに乗り込みながら横峯が答える。

「お母さんはバイタル安定しています。ＦＡＳＴでも所見は見られませんでした。お母さんの管理は救急隊員に任せます」

うなずきながら藍沢が聞いていると、冴島がやって来た。

「お姉ちゃんはまだ腹痛を訴えてます」

「藍沢先生は七歳の子の救急車に乗ってください」

「病院までできるだけ近づいておく」

「お願いします！」


救急車内で姉の意識レベルが落ちてきた。藍沢は救急隊員の手を借りて挿管を始める。

一方、横峯はヘリポートで待機していた藤川、灰谷、雪村に妹を託すと、間髪入れず再びヘリに乗り込んだ。

飛び去っていくヘリを見送りながら藤川がつぶやく。

「横峯、張り切ってんな」

その言葉を聞き、灰谷は自分のふがいなさを思いうつむいてしまう。

ランデブーポイント[※3]であるゴルフ場の駐車場に二台の救急車が到着。数分後にはドクターヘリも到着した。ヘリに姉を運び入れながら藍沢が横峯に告げる。

「この子は意識レベルが落ちたから挿管した。腹腔内の出血量に大きな変化はない」

「はい!」

ヘリのドアが閉まると、藍沢はすぐに母親の救急車へと飛び乗った。

※1 EDH
硬膜外血腫。脳への外傷により、頭蓋骨と脳を包んでいる硬膜の間に血の塊ができ、脳を圧迫した状態のこと。

※2 SDH
硬膜下血腫。脳への外傷により、硬膜と脳の間に血の塊ができ、脳を圧迫した状態になること。

※3 ランデブーポイント
ドクターヘリと救急隊が合流する緊急離着陸場のこと。

「少し頻脈※1になってきました」

救急隊員の報告に藍沢は言った。「搬送を急ごう」

ヘリの離陸を待たず救急車は発進。その車体をかすめるようにヘリが飛び立っていく。

「血圧70台に落ちました。頻脈も進んでいます」

藍沢は母親の状態を見て、エコーの用意をしながら顔をしかめる。

「一発目のＦＡＳＴ陰性で油断した……」

エコー画像で液体貯留を発見し、心《しん》タンポナーデ※2と判明。藍沢はすぐに決断した。

「車止めてここで心嚢穿刺《しんのうせんし》します。挿管の準備もしておいてください」

処置を進める藍沢の顔にわずかに焦りの色がにじみはじめる。

「……血が引けないな」

「心拍落ちてきました！」

救急隊員の声に藍沢は少し考え、決めた。

「開胸します」

「い、今ですか」

「車出して大丈夫です。搬送再開しながら開胸します。まず挿管する。チューブは7」

「はい、わかりました」

挿管を始めてすぐに、もう一人の救急隊員が「ヘリからです」とヘッドセットを藍沢に装着した。無線から話しかけてきたのは横峯だった。

「なんだ」

「なんか……さっきからうまく換気が……」

「ちゃんと言え」

「うまく換気ができません」

「皮下気腫[※3]は？」

横峯は触診して、答えた。「あります！」

※1 頻脈
脈拍が通常より速くなること（通常心拍数が毎分50〜70回程度のところ、100回を超えた状態）。

※2 心タンポナーデ
心臓と心臓を覆う心嚢の間に液体が大量に溜まることにより、心臓が圧迫されて正常な動きができず、全身に必要な血液を送りだせなくなった状態のこと。

※3 皮下気腫
肺や気管などが傷つき空気が漏れ、皮膚の下に空気が溜まった状態のこと。

「おそらく緊張性気胸だ。今すぐ脱気だ。そこで胸腔ドレーンを入れろ」

まさかの事態に一瞬、横峯の思考が停止する。

「どうした?」

「は、はい……」

「すぐ治療を開始しろ。数分で死ぬ」

「はい……でも……もしうまくできなかったら……」

「練習したんだろ」

「……え……」

「何度も練習していたのは何のためだ。患者を救いたくてやってたんじゃないのか」

「……」

「お前は医者だ。目の前の、七歳の少女の命を救え」

厳しい声色の中に横峯は自分への信頼を感じた。覚悟を決めた。

「わかりました。やります」

藍沢は無線を病院に切り替えてもらうと、白石に告げた。

「横峯をフォローしてやってくれ。緊張性気胸だ。こっちは今、手が離せない」

「わかった」

白石はＣＳ室へ移動し、横峯とコンタクトを取る。

「横峯先生、聞こえる？」

「はい！」

「上肢は挙上《きょじょう》してある？」

「できてます！」

白石の指示のもと、横峯がドレナージを始めた。

「ドレープかけ終わりました。胸膜下に麻酔します」

「麻酔はしなくていいわ。すぐに切開して」

「はい」

冴島が用意していたメスを受け取ると、横峯はためらうことなくメスを入れた。

「胸膜まで大きく開いて」

横峯は冴島から渡されたペアン※でぐいぐい肌を開いていく。「開きました」

「ペアンの先で胸膜を破って。それで脱気できるはず」

「……わかりました」

※ **ペアン**
手術中の止血に使用するハサミのこと。

ここまでは夢中でやってきたが、いざドレナージするとなると失敗するシーンが頭をよぎり指が震えてしまう。もしかしたらとヘッドセットをずらし、脱気の音を聞こうとするがヘリのローター音が大きくて何も聞きとれない。もうやるしかないと横峯は手に力を込めた。ペアンの先端が胸膜を破っていく。

「どう？」

「脱気の音が聞こえません」

「ヘリの中だから聞こえなくていい。バッグ[※1]をもんでみて」

横峯は人工換気用具のジャクソンリースを挿管チューブにつけ、バッグをもんでみる。バッグがゆっくりとつぶれていく。

「バッグ、軽くなりました」

「OK。脱気はできてる」

横峯はホッとし、余裕を取り戻した。「チェストチューブ[※2]、入れます」

「肺を傷つけないように、ゆっくり。大丈夫よ。ここまできたんだから」

「はい」

手応えを確かめながら横峯は慎重にチューブを入れていく。

「チューブが曇ったら正しい位置に入ってるってことだから」

横峯はうなずき、さらにチューブを進めていく。やがて、チューブの中が白く曇った。

「曇った……」

「SpO2[※3]、95まで戻りました」

冴島が冷静に横峯に告げる。

「成功よ。チューブが抜けないように注意して。ヘリポートで待つわ」

白石の声を聞きながら、横峯はふうぅぅと深いため息をついた。


一方、救急車では藍沢が母親の左胸にメスを入れたところだった。開胸器をセットし、創を広げ、心膜へと到達する。

※1 バッグ
手動の人工換気用具。ここではジャクソンリースを指す。

※2 チェストチューブ
胸に溜まった空気や液体を、体の外に出す際に挿入するチューブのこと。

※3 SpO2
経皮的〈動脈血〉酸素飽和度。血液中に溶け込んでいる酸素の量のこと。約100～95％で正常値。

「見えた。心膜が血液でパンパンだ」

　藍沢がハサミで心膜を切ると、溜まっていた血液が一気に噴き出した。その量の多さに救急隊員がハッとする。藍沢も予想以上の出血量に焦りを覚える。

「……損傷部はどこだ」

　胸の中を探り、血が漏れてくる場所をようやく見つけた。

「右心室か……よし、押さえた」

「止まった」と言う救急隊員に、「いや、まだです」と応える。

　指で損傷部を押さえていて手が離せないので、藍沢は医療器具の入ったバッグを目で示しながら言った。

「バルーンカテーテル[※1]を取ってください」

「はい。えっと……バルーン？」

「尿道カテーテル[※2]です」

「あ、はい」

「ここでは心臓は縫えないので、先端のバルーンを止血に使います。生食[※3]を10ＣＣ、バルーンに入れてください」

　藍沢はカテーテルを受け取り、バルーンを指で押さえていた穴に当てた。救急隊員がシリンジを押し、生食を入れ終えた。藍沢が指を抜き、カテーテルを引っ張る。

「よし、止まった」

「頸動脈、触れるようになりました」

救急隊員の安堵の表情に、藍沢もようやく一つ息をついた。

「まもなくランデブーポイントに到着します」

運転手の声に藍沢は視線を上げる。フロントガラス越しに飛来するドクターヘリの姿が見えてきた。

※1 バルーンカテーテル
先端にバルーンがついたカテーテル。血管などの内部でバルーンをふくらませることで挿入したカテーテルが抜けないようにし、治療や処置を行う。

※2 尿道カテーテル
先端にバルーンがついた、前立腺などの治療に使用する柔らかな管のカテーテル。

※3 生食
生理食塩水。患部や医療機器の洗浄に使う液体で、体液とほぼ同じ濃度の食塩水のこと。

説明室のテーブルを囲み、緋山と名取、勉と望海がそれぞれ並んで向かい合っている。望海は車イスに座って微笑みながら超音波検査の写真をひとしきり眺めたあと、きっぱりと言った。

＊＊＊

「産むよ」

「まだわからないのか」と勉はあきれたように望海を見つめる。「お前みたいにバカで未熟な人間が、子供を育てられるわけがないって言ってるんだ！」

「は？　できるっしょ。あんたにできてたんだからさ」

次の瞬間、「パシッ」という乾いた音が室内に響いた。

頬に手をやった望海を、緋山と名取があ然と見つめる。勉が立ち上がって望海を平手打ちしたのだ。

「いったぁ……何すんのよ!!」

望海は車イスに座りながら勉につかみかかっていく。勉もすぐに応戦しようとしたので、慌てて名取が「ちょちょちょ、妊婦さんなんですから！」と二人の間に入ったが、口論はヒートアップするばかりだった。

見かねて緋山が口を開いた。

「すみません、意地の張り合いはやめませんか。今は冷静に望海さんの妊娠と向き合って、これからのことをきちんと話し合うべきです」

「……そうですね」と納得し、ゆっくりとイスに座った。望海を横目で見ながら、言葉を選んでゆっくり尋ねる。

「相手の男とはどうなってる。結婚するのか」

望海は小さく首を振った。「私が……好きだっただけだし……」

その健気さに勉の心がほぐれていく。

「……っとにバカだな」

うなだれる娘に、「望海」と勉が真顔を向けた。望海は顔を上げた。

「お前、一人で子供を育てるってことがどういうことか、本当にわかってるのか」

「……」

「誰も代わりがいないんだぞ。当然赤ん坊のときは一時も目が離せない。保育園に預けられるようになったって、夜遅く帰るわけにはいかないから、できる仕事も限られる。誘われても……断ってばっかになるから友達もいなくなる。趣味なんて……やる余裕も金もない。それでいつの間にか時間が過ぎてて……気づいたら十七年たってるんだ」

勉の言葉に望海はハッとした。お父さんは自分のことを話しているんだ。この十七年間、お父さんはずっと私のために生きてきたんだ……。

「考えてみろ。同級生がみんな、洋服だ合コンだって楽しんでるときに、毎日オムツ替えたり、熱だ下痢だ予防接種だって病院に行ったりすることになるんだぞ」

ちっちゃい頃、私は病弱だったからお父さんがよく病院に連れていってくれた……。

「お前まだ十七だろ。十七歳は十七歳のときにしかできないことをしろ。いいんだよ。フラフラして、好きなヤツと恋愛したっていいんだ」

心から自分を思ってくれる父の言葉が、望海の胸に染みていく。望海は顔を上げ、真っすぐに勉を見つめた。

「……お父さんは、後悔してるの？」

「……え……」

真剣な眼差しで問われ、これはハッキリ言わなくては、と勉は望海を見すえ、答えた。

「いや……後悔したことは一度もない。お前といて……ずっと……幸せだったよ」

すべての不安を拭い去る、勇気をくれる言葉だった。望海は覚悟を新たにし、言った。

「お父さん、私、やっぱり産みたい」

その言葉に応える代わりに、勉は優しさのこもった泣き笑いの表情を浮かべた。

名取に車イスを押されて望海が病室へと戻っていく。廊下の角に二人の姿が消えると、勉が緋山に向かって、「よろしくお願いします」と頭を下げた。

「わかりました」

「バカな父親だと思ってるでしょうね。出産はきれいごとじゃない。十七歳の娘に……勢いで子供を産ませるなんて、無謀だって……」

少し考えてから、緋山は言った。

「何歳だったらいいんでしょうね」

「え？」

ちょうどそのとき、すぐそばの病室にいた冴島がその声を聞いて顔を上げた。

「十七歳だからダメということはないと思います。三十歳、四十歳のいい大人でも、産んでしまって育てられない人はいますから。だから……うん……みんな迷うんだと思います。私の友人でも、産むことを迷っている人がいるんです」

冴島は「え……」と耳をそばだてる。

「彼女は仕事もすごくできるし、しっかりしていて優しくて、強い人なんです。でも、そんな人でも迷うし、私もなんて声をかけてあげればいいのか……わからないんですよね。でも……望海さんは迷ってなかった」

　勉は驚きの表情を緋山に向ける。

「望海さんはたぶん、妊娠を知った瞬間に産むことを決めてた。お父さんが子育てする姿を見てきたからだと思います。自分を必死に育ててくれたお父さんを、見ていたんだと思います。きっと」

　勉は顔を伏せ、すすり泣きはじめた。胸が詰まり、うまい言葉が見つからない。ようやく出てきたのは、いつもの憎まれ口だった。

「あいつ……バカなんですよ」

　そんな不器用な勉に緋山は少し笑ってしまう。勉は気持ちをリセットするかのように「あぁあ!」と声を上げてからスッと背すじを伸ばし、本来の豪快な姿に戻った。

「ホントあいつが子育てなんかできるのか心配ですよ。でもまあ最悪、俺が育てます」

「支えてあげてください」

「はい」

　勉は緋山に一礼すると、去っていった。その背中を、緋山は会心の笑みを浮かべながら見送る。

　一部始終を見ていた冴島は、そこから何かを感じ取ったようだった。

翔北病院に運び込まれた母親と二人の娘は今、ＩＣＵのベッドで眠っていた。妹と姉のベッドの間に母親のベッド。そんな母娘を冴島が見守っている。

三人とも容体は安定している。ベッドのそばで小さくため息をつく横峯に背後から声がかかった。

「換気がうまくできないくらいでいちいち連絡してくるな。緊張性気胸を疑ったんだろ」

いつの間にか藍沢が来ていたのだ。また怒られるのかと横峯はか細い声で答える。

「疑いました」

「じゃあ自分でどうにかしろ。それにヘリの中で制限があったとはいえヘタクソすぎだ」

「……はい」

「だが、思い切って創を大きく取ったのは正解だ。短い時間で確実にドレナージするのに最適な大きさだ。それに、四歳の子を優先した搬送プランもよかった」

「え……？」と横峯は疑わしげに顔を上げた。

もしかして、私……褒められてる……？

「よくやった」

予想外の藍沢の言葉に横峯の頬が紅潮していく。

隅のベッドの患者の対応をしながら二人の会話を聞いていた白石は、ずるいなぁと思いながらも安堵の笑みを浮かべるのだった。

＊＊＊

ＣＳ室は藤川にとって憩いのスペースだった。医師も看護師も滅多に来ないし、病院内で唯一仕事を離れ、息をつける場所——。

「乗り物酔いに効くツボ？」

右手首を痛めてうまく処置ができずに落ち込んでいる灰谷をなぐさめるべく、藤川はＣＳ室で話を聞いていた。

「はい……ネットで調べたら、ここを強く押せば乗り物酔いしなくなるって」

一緒に話を聞いていたパイロットの早川正豊《はやかわまさとよ》と町田は笑いをこらえるのに必死だ。

「……それで強く押しすぎて？」

「屈筋腱《くっきんけん》の腱鞘炎《けんしょうえん》になったみたいで指が動かせなくなっちゃって……」

「おいおいおい」と藤川はあきれた。「お前、外科医だろ。正中神経が嘔吐反射に百パー関係ないのはわかるだろ」

「だってこのまま乗り物酔いしてたら、僕、フライトドクターになれないじゃないですか……」

　とうなだれながら返す。そんな灰谷に若干引きながらも、「いや、大丈夫だと思うよ」と早川が口を挟んだ。

「え？」と灰谷が振り返る。

「あの日はたまたま、風が少し強かったから」

「そこまで揺れることって滅多にないですよね」と町田も言う。

「ドクターヘリは快適な乗り物ですよ」

　早川の言葉に、灰谷の表情はパッと明るくなる。

「なに霧が晴れたような顔しちゃって」と藤川は苦笑した。「いいよなあ。俺なんか濃霧警報が出っぱなし。先が見えないよ……」

　そう言って、当番表に貼られた冴島の写真を憂鬱そうに見つめた。


　藍沢がスタッフステーションに戻ると白石がいた。ほかの医師も看護師もいない。

　また何か言われるのかと藍沢は警戒しながらパソコンを打つ。不意に白石が言った。

「思い出した」

「……今度はなんだ」

うんざりしたように藍沢が聞いた。

「愛情がないわけじゃないのよ。あなたもフェローを育てようとしてる。まぁ、そのやり方が正しいとは思わないけどね。どんなに正しいことでも言い方を間違えれば相手は傷つくわけだし」

無反応の藍沢にかまわず、白石はさらに続ける。

「あともう一つ、思い出した。黒田先生に、よくやったって言われたとき、すごくうれしかった。信頼できる上級医からの『よくやった』ってフェローにとっては魔法の言葉。悩みも疲れもその一言で吹き飛ぶ」

「……」

それだけ言うと、「お先に」と白石は出ていった。

通りがかったHCUのほうを見ると、横峯が患者に胸腔ドレーンを入れている。奥のベッドでは望海と勉が相変わらずの言い争い……まったく困ったものだ。

親の心、子知らず。

確かにそうだ。

でも、親だって子供の心はわからない。

優しくすればいいのか、厳しくすればいいのか、実際よくわからないし、勝手な決断に振り回されたりする。

でも、それでいいのだと思う。

彼らの成功も失敗も、一緒に背負ってやる。

その覚悟さえあれば。

＊＊＊

私服に着替えた緋山が忘れ物を取りに医局に戻ると橘の姿があった。緋山の顔を見て、

「どうなった、十七歳の妊婦は？」と尋ねる。

「やはり産むことになりました」

「ブレなかったな」

「お父さんは最後まで悩まれていましたけどね」

「……だろうな」

橘のデスクの上に水鉄砲が入ったバケツがあるのに気づき、緋山は言った。

「それ、昼間のですか？」

「ああ。いや、久々にはしゃいじゃったよ」と橘は照れ笑いを浮かべる。

「いいじゃないですか。楽しそうでしたよ」

「そうなんだよ」

「え？」

「楽しいよって言うんだ、あいつが……一歩も車イスから立ち上がれないのに、水にも触らせてもらえないのに……僕は十分楽しいよって」

こみ上げてくるものを抑え、橘は言った。

「親よりも、子供のほうが強いな」

「……」

つい漏らしてしまった弱音に橘はハッとし、「あ、えーっと、今日の当直は誰だったかな」と言いながら医局を出ていった。


緋山は夕食を一緒に食べようと待っていた白石と合流し、一緒にエレベーターへ向かう。そのエレベーターから中学生くらいの少女が降りてきた。凛とした眼差しが印象的な、利発そうな美少女だ。

白石と緋山がエレベーターを待っていると、背後から「藍沢セーンセ！」という声がした。振り返ると、藍沢にじゃれる美少女の姿があった。

「見ーつけた！　久しぶりだね」

「まだ一週間もたってないぞ」と言いながら、藍沢は美少女の手を振りほどく。

その様子を、白石と緋山はニヤニヤしながら覗き見ていた。

スタッフステーションに戻った藍沢は、「なんだ、こんな時間に」と、まとわりつくようについてきた美少女・天野《あまの》奏《かなで》に無愛想に尋ねた。

「コンクール近いから点滴来る暇なくて。遅くなっちゃった」

「そうか」

「藍沢先生は？　まだいるの？　ねえ、なんで脳外やめちゃったの？」

「やめてはいない」

「じゃあまた戻ってくる？」

「さっさと帰れ。コンクールが近いならなおさらだ。体調に気をつかえ」

奏はニコッと笑った。

「これが聞きたかったんだよね」

そこに新海がやって来た。

「やっぱり、ここか。君が病院に来る目的は点滴じゃなくて、藍沢だもんな」と新海は藍沢を目で示す。

「まあね。新海先生でもいいけど」

「お母さんが心配してるから戻ろっか」

「はーい。あ、ちょっと待って。飲み物買ってく。のど乾いちゃった」

自動販売機のほうへ駆けていく奏を見送りながら、藍沢が新海に尋ねた。

「どうだった?」

「うん……3・5センチだ」

「そうか……」


翔北病院からほど近い繁華街の路地裏にあるバー『めぐり愛』は白石たちがフェロー時代からの行きつけの店だ。オーナーのメリージェーン洋子(本名は大山恒夫《おおやまつねお》)がかつて翔北の救命に運び込まれたことがあり、それが縁で通うようになった。メリージェーンのオネエ特有の嫌みのない毒舌を浴びていると心の鎧がバリバリとはがされ、本音をさらすことができるのだ。

藍沢が中に入るとカウンター席に座る白石と緋山の姿が見えた。

「あ」

出ていこうとした藍沢を緋山がダッシュでつかまえ、店の奥へと引っ張り込む。うんざりした顔で藍沢はカウンター席についた。

「シャイだからねー、藍沢先生は。ぶっきらぼうな言い方しかできないんだよね」と白石はケラケラと笑いながら、藍沢の肩をバンバンたたく。「おばあちゃん子だし」

こいつもう酔ってんのかと白石を一瞥する藍沢に、メリージェーンが「久々にブス二人そろったと思ったらこれだもんねー。ごめんねぇダーリン」と陽気に声をかける。

「あれ? これ、さっきのあの子じゃない?」

緋山が手にしたのはクラシック系の音楽雑誌だった。表紙の少女は確かにあの少女だ。『14歳の天才ピアニスト 天野奏』というキャッチコピーがその横に飾られている。

「ホントだ。あの子だ。へえ、スゴい」と白石も酔った目を丸くする。

「相当気に入られてたよね」と緋山が藍沢に、にんまりと笑いかけた。「藍沢先生、なんで脳外やめちゃったのぉ?」

モノマネ口調でからかう緋山のほうを見向きもせず、藍沢は無表情を決め込む。

「またぁ、うれしいくせにー」と白石もからかう。

二人に言い聞かせるように藍沢が口を開いた。

「彼女は人生のすべてをピアノに捧げてる。俺たちが二十四時間、医療に費やしているのと同じように。そして彼女には才能もある」

「ふーん。いいねぇ、才能もあって認められたうえ、おまけにこんなに可愛いくてさ。運のいい子っているんだね」

緋山の言葉にかぶせるように藍沢が言った。

「小脳に腫瘍がある」

え……と二人は絶句する。藍沢は続けた。

「手足の動きを司るさまざまな中枢が入り組んでいて、できれば触りたくない位置だ。今日の検査で3・5センチを超えていた」

「……そうなんだ」と緋山がつぶやく。

重くなった空気に、藍沢の言葉が沈んでいく。

「不条理だ」

3

命と、その人が命よりも大切だと思っているもの——。

どちらかを選ばなければならない。

なかには命を捨ててでも大切なものを選びたいと望む人もいる。

それでも、医者は命を優先する。

＊　＊　＊

朝、出勤したばかりでまだ私服姿の名取と横峯が並んで医局に入ると、すでに灰谷がいて「おはようございます！」と振り返った。

「またずいぶん早いねー」

「今日、僕、ヘリ担当なんで」と名取に返した灰谷はすでにフライトスーツを身につけている。そのひきつったような顔を見て、名取は苦笑した。

「お前、緊張しすぎだよ」

その頃、橘は優輔の病室に顔を出していた。

「おはよう。はいよ、今日の」と手にしていた新聞をベッドの優輔へと差しだす。

「ありがと」

「なんで急に新聞なんか読みはじめたんだよ」

「んー？　べつに。漢字の勉強になるから」

「嘘つけ」

しかし、橘はそれ以上は聞こうとせずに、「じゃあまた昼にな」と病室を出た。

藤川は車を病院の駐車場に入れると、エンジンを切った。しばらくの間、ひどく思い詰めたようなこわばった表情を浮かべていたが、やがて意を決し、すべての思いをひっくるめて藤川は言った。

「結婚しよう」

「えっ？」

「考えたいとか、ふ、不安にさせてたのは、俺がはっきりしなかったからだろ？」

「……」

「結婚しよう。ちゃんとしよう」

「……ちゃんとって何？」

怒りを含んだ声に、藤川は「はい？」と聞き返す。

「なんで今、結婚なの」

「……え、だって……」

「じゃあ妊娠してなくても、結婚しようって言った？」

「……え……」

答えに詰まる藤川に失望の眼差しを向け、冴島は車から出ていった。


カンファレンスを終え、藍沢が回診に向かおうとしたとき携帯が鳴った。耳にあてると「わかった」と答え、行き先を変更する。

小児科病棟に入るとプレイルームから光の粒をはじいたような美しいピアノの音色が聞こえてきた。やっぱり……と藍沢は足を速める。

「なんでここにいるんだ」

ピアノを弾く奏のそばに立ち、藍沢は尋ねた。奏は指を動かしたまま、言った。

「いい曲でしょ。藍沢先生の即興曲……」

奏はピアノを弾きながらくるりと首だけ振り返り、笑った。

「『怒り』」

「今、新海が説明してるだろう。ちゃんと聞きにいけ」

両親を交えた説明の場に奏が来ないとの連絡を受け、それで藍沢が探しにきたのだ。

「3・5センチは危険だ。もう待てない」

右手だけで明るい旋律を弾きながら、奏はつぶやく。

「やっぱ手術しないとダメなのかなあ」


「あっさり、ピアノを取るっていうんだ」

奏への説明を終えた新海はエレベーターで乗り合わせた藍沢に困ったように言った。

「死ぬってことが漠然としてるんだろうなぁ。あれぐらいの子は」

エレベーターのドアが開いて、白石が乗ってきた。新海の顔が明るくなる。

「どうですか。藍沢、救命で迷惑かけてませんか?」

「口が悪くて少し困ってますけど、それは昔からなので」

白石がそう答えると、新海は少しうらやましそうに言った。

「なんか二人、よく知った仲って感じですね」

「付き合いが長いだけです」

エレベーターが止まり、新海だけが足を踏みだす。降り際に白石のほうを振り返り、言った。

「白石先生、今度食事でもどうですか?」

「え?」

「藍沢の愚痴、聞きますよ」

ドアが閉まり、白石は藍沢に尋ねた。

「今の、どういうことかな」

「そのままだろ。誘ってるんだ」

再びエレベーターが止まり、藍沢はさっさと出ていく。

「……」


救急外来にやって来た患者が初療室へと運ばれてきた。緋山、藤川、灰谷、雪村がスタッフステーションから駆けつけると、すでに冴島と名取、横峯が対応している。

「緒方博嗣《おがたひろつぐ》さん、四十一歳。渓流で足をすべらせて転落。頸髄《けいずい》損傷の疑いです」

冴島にうなずき、緋山は動脈採血の準備をしながら、患者の状態に目を走らせる。

「なに、釣り人?」

緒方は本格的な釣り用のゴム製つなぎを着ていたのだ。

「有名な料理人らしいですよ」と名取が緋山に答える。「ミシュラン一つ星だそうです」

「へえ、すご！」

痛みにうめきながら緒方は必死に何かを訴える。視線の先にクーラーボックスが置いてあるのに気づき、灰谷がそれを開けた。魚が跳ね、灰谷は「うわっ」とのけぞった。

「お、俺のイワナ……店の生け簀《す》に……」

「ハハ。根性あるわ、この人」と緋山は俄然興味を引かれた。体つきはがっしりしており、顔も悪くない。「ちょっとタイプ」

「じゃ手術になったら入れよ」藤川はそう言って、名取にCTの準備を急がせる。

そのとき、本日最初のホットラインが鳴り響いた。すぐに白石が受話器を取る。

「木更津市消防よりドクターヘリ要請です。木更津森林公園内で男性が倒れていたそうです。呼吸が弱く、意識もはっきりしません」

CS室に目をやると町田がOKサインを出している。

「出動します」

白石と冴島が駆けだした。慌てて灰谷もあとを追う。緒方をCT室へ運びながら、藤川は冴島の背中を目で追った。そんな藤川に緋山が尋ねる。

「気になる？」

「いや、大丈夫だろ」

森林公園から患者・秋本《あきもと》二郎《じろう》を運び入れ、ヘリは再び上空へと舞い上がった。白石はすぐに病院で待機している藍沢に連絡を入れる。

「Ａｆ※がある。脳梗塞かも」

「わかった。頭部ＭＲＩの連絡をしておく」

無線を切って、ふと横を見ると灰谷の様子がおかしい。胸に手をあて、不安げにさすっているのだ。

「え……ちょっと」

「違います、違います！」と灰谷は酔ってないアピールをするがその顔は青ざめている。

そのとき、秋本がウッとうめいた。

「嘔吐するかも」

白石はとっさに秋本の顔から酸素マスクを外し、同時に冴島がシートベルトを外す。

※Ａｆ
心房細動。本来の心臓の拍動リズムは1分間に60～80回だが、そのリズムが乱れ４５０～６００回の不規則な拍動が起こり、血液が心臓内に停滞してしまう状態のこと。

二人が体を傾けた直後に秋本は嘔吐した。吐瀉《としゃ》物が冴島の足元に飛び散る。

「誤嚥[※1]するとまずい。挿管しよう」

冴島は秋本の口をガーゼで拭き、白石に喉頭《こうとう》鏡[※2]を渡す。挿管を終えた白石が、「カフ[※3]、固定してくれる」と続けて指示する。「はい」と返事をしたが、そこで冴島の手が止まった。白石が異変に気づいたときには、冴島は呼吸困難に陥っていた。酸素を求めて、顔をゆがめている。

「……え……」

そのまま意識を失った冴島に、白石は呆然となる。

「冴島さん！」

そのとき、灰谷までも「うっ」とえずきはじめた。冴島の体を支えながら振り向くと、真っ青な顔で口元を覆っている。

どういうこと……!?

その瞬間、白石も激しいめまいに襲われた。

「何……なんで……？」

混乱した頭で白石は必死に考える。冴島の足元にかかった吐瀉物を見て、ハッとした。

もしかして、毒物……？

「早川さん！」と白石は操縦席に向かって叫んだ。「何かわからないんですけど、機内の空気が汚染されてます。窓を開けます！」

「え、汚染？」とパイロットの早川と整備士の鳥居《とりい》誠《まこと》が動揺する。灰谷は秋本から逃げるように離れ、清浄な空気を求めて開いた窓に張りついた。

「こちら翔北ドクターヘリ。ヘリの機内で患者が嘔吐。吐瀉物を浴びた冴島さんが意識を失いました。灰谷、白石も吐き気、めまいの症状が出ています」

白石からの無線連絡に初療室で待機していた名取、横峯、雪村は固まる。すぐに藍沢は隣のCS室へと走った。そこでは町田が早川に翔北に戻るのがベストだと伝えていた。

「あと何分ですか？」

※1 **誤嚥**
唾液や食物などが誤って気管に入ってしまうこと。

※2 **咽頭鏡**
喉頭（のどぼとけがある部分）を観察するために使用する器具。

※3 **カフ**
血圧計の腕に巻くベルト部分のこと。

藍沢の問いに、「およそ五分です」と町田が答える。藍沢が無線を取るなり、言った。

「白石、除染の準備をしておく」

「お願い」

返事を聞くや藍沢はCS室を出て、橘に連絡する。藍沢の話を聞いた橘はすぐに初療室周辺とヘリポートおよび救急外来の立入禁止を決定。その手配へと動きだす。


何も知らない藤川と緋山がエレベーターに乗っている。

「緒方さん、上肢の麻痺はシビアかもな」

「料理人か……前みたいにはできないだろうね」と緋山が残念そうにうなずいた。

「もったいないな、一つ星が……」

エレベーターが止まり、ドアが開く。現れた光景に藤川は目を見開いた。スタッフたちが大勢の患者たちを移動させているのだ。

「何かあったの？」と緋山が前を通った看護師の広田扶美《ひろたふみ》に尋ねた。

「救命フロアは立入禁止になりました。患者は他科に移します。ドクターヘリの機内が汚染されているそうです」

「……ヘリが汚染……」

ヘリには冴島が乗っている……。

「え!!」

藤川は駆けだした。


ヘリポートでは微粒子用マスクで顔を覆い、アイソレーションガウン[※1]を身につけた藍沢たちがヘリを迎える準備をしている。名取と横峯は除染スペースを設置するためのパーティションを運び、藍沢は除染シャワーをチェック。そこにヘリの機体が現れた。

着陸したヘリのドアが開き、灰谷が転がるように飛びだしてくる。かがみ込み、地面にひざをついた灰谷に名取と横峯が駆け寄ろうとする。とっさに藍沢が叫んだ。

「曝露[※2]するぞ」

名取と横峯はハッとして足を止めた。

「お前たちはまだ接触するな。医者が全員倒れるのはまずい」

※1 アイソレーションガウン
使い捨ての感染予防着のこと。

※2 曝露
細菌・ウイルスや薬品にさらすこと。また、さらされること。

藍沢は空のストレッチャーを押しながら白石のもとへ向かう。その途中で灰谷の体を引き上げ、車イスに座らせながら、言った。

「まず全身を洗え。あと身体所見を教えろ」

しかし灰谷は朦朧としていて、言葉がうまく出せない。

白石が秋本を乗せたストレッチャーを押しながら、藍沢に言う。

「冴島さんが……！」

藍沢はすぐに機内に飛び込んだ。冴島は意識を失い、ぐったりしている。床に落ちている吐瀉物に注意しながら冴島を抱きかかえて降ろし、ストレッチャーに横たわらせた。

藍沢は冴島を乗せたストレッチャーを押し、除染スペースへと向かう。と、洗浄を終えた灰谷、早川、鳥居たちがずぶ濡れ状態で除染スペースから出てきた。看護師の広田によって車イスに座らされた三人に、名取と横峯が毛布を渡す。そのそばを横切り、藍沢は除染スペースへ飛び込んだ。

中にはすでに秋本を載せたストレッチャーがあった。藍沢はその横に冴島のストレッチャーを並べる。次の瞬間、大量の水が噴霧された。水しぶきのなか、白石はフライトスーツを脱ぎ捨てながら自分の体を洗っていく。藍沢は冴島のフライトスーツを切り裂き、脱がせる。

「吐き気、頻脈、頻呼吸、めまい、顔面紅潮もあるかも。患者と接触したとき、特ににおいはなかった」と白石が自身の症状を伝える。

「名取、聞こえたか！」と藍沢が叫ぶ。

「は、はい！」

「毒物を特定しろ、急げ！」

「わかりました！」と名取は病棟へ駆けだした。

「……においがない……神経ガスか……？」

冴島の体を洗浄しながら、藍沢は考える。


除染を終えた冴島と秋本は初療室に運び込まれた。白石と灰谷は毛布にくるまって車イスに座り、早川と鳥居は広田によって酸素吸入が行われている。橘はホワイトボードに毒物を箇条書きしながら、眉をひそめた。

「可能性のある毒物が多すぎるな……」

そこに藤川が飛び込んできた。遅れて緋山も入ってくる。藤川は初療台に横たわる冴島の姿に目を見開く。

「はるか……！」

「何これ、どうなってんの」とずぶ濡れになっているみんなの姿に、緋山があ然となる。

藤川が食いつかんばかりに橘に尋ねた。

「解毒剤は？　何を投与したんですか？　毒物は何ですか？」

「今、特定している」

藤川はホワイトボードを振り返る。ズラリと並ぶ毒物の名に頭が真っ白になる。

「え……これ、まだ……何分たってるんですか。おい白石、何分たってるんだよ!?」

「……二十分」

「二十分!?　二十分って……どうにかなんないのか、藍沢。なあ、どうにかしてくれよ！　早くしないと間に合わなくなる……!!」

藤川の悲痛な叫びが初療室に響く。藍沢は、白石と灰谷に目を向けた。

「白石、灰谷！　思い出せ。呼吸状態、身体の痛み、目の見え方、音の聞こえ方、皮膚に発疹は？　どんなことでもいい。思い出してくれ」

白石は懸命に考える。灰谷も機内での記憶をたどりながら、それを口にしてみる。

「えっと……吐き気がして、頭痛がして……呼吸が速くなって……」

冴島の症状が悪化したことを雪村が告げ、藤川の心臓が早鐘を打つ。絞りだすような声で「はるか……」とつぶやきながら冴島を見つめる。

「……周りが少し見えづらくなって……」

藍沢は聞きながら考えつづける。すると灰谷が思い出したようにつぶやいた。

「あ……甘いにおいが……」

「甘いにおい？」

「……患者が吐いたときに強くなって……なんか、甘酸っぱいような……」

「私は感じなかった」と白石は藍沢に言った。

「お前が感じて、白石は感じなかった……？」

藍沢の目が輝いた。

「シアン※だ」

その言葉を聞いて、橘がうなずいた。

藍沢がすぐに解毒の指示を出す。初療室の時間が一気に動きはじめた。

※シアン
摂取すると少量で死に至る毒物。細胞の呼吸活動を停止させ、全身の臓器、とりわけ脳に障害を与える。顔面紅潮、呼吸困難、頻脈などの症状が出る。

＊＊＊

処置が終わり、冴島と秋本はＩＣＵへと移された。冴島のベッドのかたわらに立つ藤川に藍沢が検査結果を告げている。

「肺水腫※は軽度だが脳実質の腫れが強い……」

藍沢が口にできないことを藤川は努めて冷静に言った。

「植物状態になる可能性もあるってことだろ？」

藍沢は沈黙することでそれを肯定した。

「なんでだろうな、今日に限って全部青だったんだよ」と藤川はボソッとつぶやく。

「信号。いつも、車で通勤してる道の。俺たちその時間だけなんだよ。二人だけで落ち着いて話せるの。だから今日、話そうと思ってたんだよ。そこで。なのに今日に限って全部青信号でさ、スイスイ行けちゃうんだよ。どう切りだそうって思っているうちに病院着いちゃって……一つでも、どっか赤だったら。俺、言えてたと思うんだ。おなかの子のために、ヘリ、降りてほしいって」

苦悩する藤川に、藍沢はかける言葉が見つからない。

「藍沢先生、秋本さん、意識回復してます」

秋本の管理をしていた雪村に声をかけられ、藍沢は秋本のベッドへ移動した。秋本はうっすらと目を開けている。藍沢は対光反射を確認し、自分の声にもわずかに反応するのを見て、雪村にうなずいた。

「吐瀉物の中にカプセルが残ってた。完全に溶け切る前に吐きだしたのが幸いしたな」

藤川はその不条理に唇をかむ。秋本は自殺を図ったと推測されていたのだ。なぜ自殺しようとした男が助かって、助けようとしたはるかは目を覚まさない……。

「なんで……」

連絡を受けてやって来た秋本の妻、美也子《みやこ》は、「たぶん、絶望したんだと思います」と夫が自殺しようとした動機を語った。千葉国立大学の神経科学研究所の主任研究員だった秋本は、アルツハイマー型認知症の原因物質除去プロジェクトのリーダーとして、この二十年間新薬の研究開発に取り組んできた。しかし、つい先日、フィンランドの研究チームが開発に成功。先に特許を取得されてしまったのだ。

※**肺水腫**
肺にある肺胞と呼ばれる、酸素と二酸化炭素の交換を行う小さな袋状の構造物の中に、血液の液体成分が溜まってしまうこと。重症の場合、呼吸不全になる。

「研究、成功したらたくさんの人を助けられるって言ってたんですけどね……」

悲しげに漏らしたその言葉を、白石と藍沢はやるせない思いで聞いていた。

その夜、当直の藍沢はもちろん、白石も緋山も家に帰ることはなかった。むろん、藤川はずっとICUで冴島のそばに付き添っている。

冴島が目覚めることなく、長い夜は明けた。


HCUの緒方のベッドを、見舞いに来た弟子たちが囲んでいる。緒方は緋山と藤川に手足の状態を検査されながら、弟子たちに細かく指示を出す。

「夜の予約はお断りの連絡を入れろ。丁重にあやまれよ。三田さんの畑にも誰か行ってくれ。昨日入れた水茄子は残念だけど始末しろ……ああ、魚は俺が明日戻って見る」

緋山は最後にもう一度緒方の右手をとり、離した。わずかの抵抗もなく、その手はパタリとベッドへと落ちた。

ベッドから離れ、藤川は緋山に言った。

「※中心性頸損だな。あとで俺が話すよ」

「わかった」

藤川が出ていくと、隣のベッドから声が上がった。

「なんでそんなこと言うの？」

秋本の妻の美也子だった。

「気持ちはわかるって言ってるの。あなたが死にたくなる気持ち……」

ベッドの上で秋本が苦々しい笑みを浮かべる。

「それはすごい。世界中の研究者相手に開発レースを戦ってきた俺の気持ちが、家の中のことしか知らない君にわかるのか。君は凡人だと思ってたが違うようだ」

緋山と緒方は声のするほうにわずかに反応した。

「あなたは今も十分認められてるんだし、またやればいいじゃ――」

「やれるならやってる！」と秋本は声を荒らげた。「気休めもあまりに無知だとうんざりする。頼むから俺の前から消えてくれ」

「そんな……」

美也子は悲しげに夫を見つめる。

「あんたには無理だな」

※ **中心性頸損**
中心性頸髄損傷のこと。首の骨折のような外からの障害ではなく、強く揺さぶられることによって脊髄の中心部が障害を受けた状態のこと。上半身を中心に症状が出やすい。

不意に緒方が天井に向かって言った。「長年世話してくれた奥さんに、そんなこと言う男が世紀の新発見？　無理無理、できっこない」

「ちょっと緒方さん……」と緋山がたしなめる。

「違うんです。普段はこんなこと言う人じゃないんです」と美也子が夫をかばうが、緒方はさらに続けた。

「だいたい先越されたくらいで死ぬとか、弱すぎなんだよ。あんたは負けた自分を認めたくなくて、ラクなほうを選んだんだよ」

「緒方さん、いい加減にしてください」と緋山がさえぎった。「どんなに強い人でも心が折れてしまうことはあります」

「かわいそうな自分をなぐさめてもらいたいだけだよ、こいつは」

「じゃあ、あなたは二度と包丁が握れなくなっても今と同じことが言えますか？」

「……え？」

つい口から飛びだした言葉に、緋山自身が青ざめる。

「わかんないよ、そうなってないし。俺はすぐまた包丁握って、厨房立つんだから」

そこで初めて緒方は緋山の表情に気づいた。不安に襲われ、とっさに腕を動かそうと力を入れる。思い通りにならない違和感があり、緒方は緋山に尋ねた。

「俺はまた、包丁を握れる、よな?」

緋山は黙ったまま、答えない。

「……え……」


午後、手があいた橘は優輔の病室を訪れていた。優輔はベッドの上で今朝もらった新聞を開きながら、「昨日なんか大変だったんでしょ。載ってないよ」と橘に尋ねる。

「わざわざ探したのか。そんなの楽しみにすんなよ」

「わかるけど、でも見ちゃうじゃん、そういうの」

「まあ、見ちゃうな」と橘は笑った。

「お父さんが新聞読むようになったのも、そういうことでしょ」と新聞をめくりながら軽い口調で優輔は言った。

え?……と橘の表情が固まる。

「子供の事故とか、やっぱ気になる? ドナーになるかなって」

気づいていたのかと橘はショックを受ける。優輔は心優しく聡《さと》い子だ。どういう気持ちで新聞を見ているのかを考えると、橘は胸が痛んだ。

藍沢が廊下を歩いていると、「藍沢先生」と声をかけられた。振り返ると点滴スタンドを手にした奏が立っていた。

「頭、痛くなっちゃって」

「そうか」

「だから早く手術しろって、お父さんに怒られちゃった」

明るかった奏の表情が、突然曇った。

「ピアノを弾かない生活って、どんななんだろね」

藍沢は少し考え、言った。「俺にはわからないな」

「私、生きていけるのかな」

その憂いは本人にしかわからない。痛みが増すとともに死への恐怖も増しているのだろう。しかし、生きがいをなくすこともある種の「死」だ。

そんな葛藤と闘っている者に、どんな言葉をかければいいのだろう……。

答えを探していると藍沢の携帯が鳴った。

「はい……わかった」

精神科での診療を受け、問題はないだろうと一般病棟に移ることになった秋本が、移動の際に渡り廊下から飛び降り自殺を図ったという。藍沢が初療室に駆け込むと、すでに白石と緋山、そしてフェローたちによる処置が始まっていた。

「大量出血だ。かなり溜まってる」

藍沢の声に白石が応える。「オペ室までもたないかも」

「ここで緊急開腹だ」

滅菌手袋を装着し、藍沢は勢いよく消毒薬を振りかける。秋本の体が赤黄色く染まっていく。緋山が滅菌ガウンを着ながら言った。

「誰かもう一人、オペに入って」

名取は急速輸液の用意に入っている。何もしていない灰谷に、緋山が声をかける。

「メガネ!」

「は、はい……」

雪村が滅菌ガウンを身につけながら、広田と協力して灰谷にもガウンを着せていく。もう自分が助手に入るしかないという状況に、灰谷は戸惑いを隠せない。

藍沢は自分でメスを取ると一気に腹を開く。雪村からハサミを受け取り、どんどん創を広げていく。しかし、出血源にたどり着かないうちに大量の血があふれ出る。藍沢は一瞬驚くが、すぐに冷静さを取り戻し、モニターで全身管理をしている白石に言った。

「心停止しそうになったらすぐに言ってくれ」

「わかった」

「そうなったら開胸して大動脈遮断する」と緋山が付け加える。藍沢はうなずき、腹の中からゼリー状の血の塊をかき出していく。吸引していた灰谷はあまりの量に悲鳴を上げた。

「吸引が間に合いません」

「手でやるの」と緋山は自分の両手を腹に突っ込み、叫んだ。「早くかき出して！」

灰谷はおそるおそる腹に手を突っ込み、見よう見まねでかき出していく。一方、藍沢は出血源を求め、血の海となった腹の中を両手で探っている。

「……あった。肝臓の破裂だ」

藍沢は肝臓を両手で挟んで止血しようとする。しかし、まだ血は噴きだしてくる。

「ほかに出血源はないか？」

緋山が探り、見つけた。「小腸もやってる」

白石はモニターで状態を確認し、新たな指示を与える。

「頻脈のままね。輸血増やして。FFP早く溶かして」

「肝門部を遮断する。サテンスキー！」

藍沢は左手で肝臓を押さえたまま、右手を雪村へ差しだした。その瞬間、再び肝臓から血があふれ出た。

「ひとまず大きく肝縫合する」

緋山は小腸の縫合にとりかかる。「2-0プロリン[※1]！　両端針[※2]で、たくさんちょうだい」

「フェルトつけて」

藍沢と緋山は処置を続けるが、どうにも血は止まらない。

「……ダメだな。出血が抑えられない」

「こっちも」

藍沢は白石に尋ねた。「体温は？」

「35度。ベースエクセス[※3]、マイナス8」

※1　2-0プロリン
プロリンとは手術用の糸のことで、2-0はその太さを表す。2-0、3-0が標準。

※2　両端針
プロリンの両端に針がついたもの。

※3　ベースエクセス
血液を正常な水素イオン濃度（pH）に戻すために、追加または削減するのに必要な酸の量。

藍沢は何かを決断し、白石を見つめる。白石は緋山に視線を送り、緋山もうなずく。真剣な三人の表情に、フェローたちは何が始まるんだと身がまえる。

「ガーゼ、あるだけくれ」

雪村はうなずき、藍沢と緋山にガーゼを渡していく。二人はいまだ血が止まらない肝臓の周辺にガーゼを詰め込んでいく。フェローたちはあっけにとられたようにそれを見守る。詰め終わると、藍沢が言った。

「ここまでにしておこう。腹は閉じずにＩＣＵに運ぶ」

どうして?……という顔のフェローたちに藍沢が答える。

「ダメージコントロール[※1]だ」

＊ ＊ ＊

「ダメージコントロール?」

初療室を出た白石が、待っていた美也子に説明している。

「かなりの量の輸血を行ったため、血液の凝固因子が足りなくなり、出血が止まらず、このまま続行すれば命に危険が及ぶ状態でした。なので手術をいったん中断しました」

「……中断? 今、あの人は?」

「ガーゼパッキング[※2]といって、止血のための応急処置をしてＩＣＵに運び、全身状態の回復を待ちます。二十四時間経過したあと状態を確認し、どうするか決めます」

「どうするかって……？」

「手術を再開するかどうかを」

もし手術を再開できなければ夫はどうなるのだろう……。怖くて、美也子はそれ以上何も聞けなかった。


渡り廊下で、三人のフェローが手持無沙汰にしている。

「二十四時間か……」

横峯がつぶやくと、名取がうんざりしたような口調で言った。

「つーか、そんなに死にたきゃ一人で死ねよ。そこまで大事か、研究とか」

※1 ダメージコントロール
重傷外傷を負った患者の場合、大規模な手術に耐えらえないことがある。そのため、患者の呼吸と循環に関わる損傷の治療を最優先とし、それ以外の部分は全身状態が良くなってから、再度手術を行うことがある。この一連の処置のこと。

※2 ガーゼパッキング
開腹した体内に、滅菌ガーゼを詰めて止血すること。

「名取先生は平気？　もし、もう医者はやれませんよって言われても」

横峯に尋ねられ、名取はしばらく考えて、ボソッと答えた。

「……俺、本気で医者になりたいって思ったことないから」

「そうなんだ。灰谷先生は？」

横峯があまりにも軽く受け流したことに名取はややあきれながら言った。

「……俺、今けっこう大事な話、したんだけど」

「え、そうだった？」

灰谷は会話に入らず、階下にいる医師たちの様子をじっと見ていた。


美也子が待合スペースのベンチでぼんやりしていると、通りがかった藍沢が「大丈夫ですか？」と声をかけてきた。

「あ、はい」と美也子はうつむいていた顔を上げた。

「休む場所をご用意しますから。どうぞ」

前を行く藍沢の背中に美也子が尋ねた。

「夫は生きたいと思っているんでしょうか？」

藍沢は足を止め、振り返った。

「本当に研究しかない人だったんです。わかるんです。二十年、そばで見てきましたから。あの人、本当に頑張ってきたんです」

絞りだすように美也子は続ける。「それを失って、本当に生きたいと思っているのか、生きられるのか……私には、わかりません」

「……」

ピアノの上に置かれた手術の同意書。すでに父親の字で名前が記されている。

奏は、ただ一心不乱にピアノを弾きつづけている。

小児科のプレイルームの前を通りがかった藍沢は、行き交う人たちの向こうにその姿を認め、立ち止まった。

かける言葉がなく、藍沢はそのまま立ち去った。

手術を中断してから二十四時間が経過した。ＩＣＵの秋本のベッドの周りに救命スタッフが集まり、白石と藍沢の判断を待っている。白石が現在の秋本の状態を雪村に確認。その数値を聞き、藍沢は決断した。

「再開しよう」

手術室に移動し、すぐにオペが始まった。藍沢、白石、緋山が赤く染まったガーゼを次々と取りだしていく。慌ててフェローたちもそこに加わる。急いでガーゼをはがそうとする灰谷を見て藍沢が、「もう少しゆっくりやれ」と注意する。

「あ、はい！」

「一番奥の一枚は臓器に張りついてる。はがすときに組織を傷つけてまた出血したら、もう一度パッキングだ。振りだしに戻るぞ」

「……わかりました」

最後の一枚を白石がピンセットでつまみ、水をかけながら慎重にはがしていく。わずかに余分な力が入り、白石は思わず「あっ」と声を上げてしまう。全員が息をのむなか、緋山が「大丈夫」と白石を安心させる。

白石は大きく一つ息をつくと再び集中し、最後に残った一枚をゆっくり取り去った。

「……出血、止まってるわ」

白石の言葉で、一同が安堵の息を吐きだす。藍沢がうなずいて、言った。

「小腸の損傷を修復しよう」

ここからが勝負だ。今度は自分たちが力を尽くす番だ。藍沢の思いは白石や緋山はもちろん、フェローたちにも伝わっている。心地いい緊張感のなか、それぞれが自分の役割を果たすべく、動きだした。

「ありがとうございました」

手術室から出てきた白石と藍沢から手術の成功を知らされた美也子はそう言って頭を下げた。安堵しつつも、これでよかったのだろうかという複雑な思いは残る。そんな美也子の心情を察したかのように、藍沢が口を開いた。

「ご主人が生きたがっているかどうかは、私たちにもわかりません。ですが、少なくとも体は生きたがっていた」

「……え？」

「肝損傷に腸管損傷、同じケガで命を落とす人も少なくありません。ですが秋本さんは生きた。ダメージコントロールは患者さんの生命力に問いかける行為です。秋本さんの体は、〝生きたい〟と応えてくれた。体が応えてくれるまで、私たちは二十四時間待った。でも、心が応えてくれるまでには、きっと、もっと長い時間がかかると思います」

藍沢の言葉が心に響いていく。美也子は頭を深く下げた。

その夜も藤川はＩＣＵで冴島が意識を取り戻すのを待ちつづけていた。隣のベッドの秋本は、正常な呼吸と脈拍を保っている。

それに比べて……と藤川が冴島のモニターを見る。と、呼吸状態を示すグラフに変化が生じた。大きな波形が続けざまに表れたのだ。

「あ、あ、あ……」

藤川はベッドの上の冴島に覆いかぶさるようにして、その顔を見つめた。

「……はるか……？」

冴島の目がうっすらと開かれる。

「はるか、はるか！」

戻ってきてくれた……！

＊　＊　＊

二日後、冴島の検査結果が出た。明らかな麻痺も見当識障害※も見られない。つまり後遺症はない。藤川はようやく心からの笑顔を同期の三人に向けることができた。ホッとした表情を浮かべながら、緋山はふと自分のなすべきことを思い出した。

藤川と一緒にＨＣＵに入った緋山は、ひとり奥のベッドへと進んでいく。

「すみませんでした」

いきなり深々と頭を下げられ、緒方は戸惑う。

「え、何？　何が」

緋山は頭を下げたまま、答えた。「人生を左右することを、あんな形で告知するべきではありませんでした」

「何言ってんの、先生」と緒方は笑った。

「そんなもんじっくり言ったって時間の無駄だよ」

「え？」と緋山は顔を上げた。

「早く教えてもらえば、その分早く次に向けて動きだせる」

「でも中心性頸損による手の麻痺は、リハビリをしても完全には……」

「それは統計上の話でしょ？　俺には当てはまらないかもしれないじゃない。俺、見えてますからね。自分が厨房に立ってる姿。お、ホントに見えるな」

前向きな姿勢を貫こうとする緒方の振る舞いに、緋山の心が軽くなる。

「ありがとう、先生。これで復帰が早くなる」

※ **見当識障害**
人や周囲の状況、時間、場所など自分自身が置かれている状況を正しく認識できない障害のこと。

「え……」

「起きてしまったことは変えられないんだ。今しかない。だったら今、この瞬間をどう生きるかですよ」

その言葉に胸を打たれ、あふれ出そうになる涙を必死にこらえながら、緋山は笑って「そうですね」と答えた。

話を聞いていた藤川も、ああ、そうだよなと素直に思う。

冴島の無事を祈りながら、心の奥底でわだかまっていたさまざまな思いが迷いの霧を抜け、今、はっきりとした答えにたどり着いた。


白石がスタッフステーションに戻ると、頭ボサボサで見るからに疲れ切った灰谷が背中を丸めてパソコンに向かっていた。見かねて白石は声をかけた。

「灰谷先生、今日は帰ったほうがいいよ」

「あ、はい。あ、あの……白石先生」

「うん？」

「……すみませんでした。シアン騒ぎのとき……」

「え？」

そこに藍沢が入ってきた。二人を気にする様子もなく空いているパソコンに向かう。

「僕、あのとき、患者さんのことも倒れた冴島さんのことも考えられませんでした。……ただ怖いって。怖くて……僕は臆病者なんです」

藍沢はチラと灰谷に目をやった。

「僕は医者には向いていません」

黙って聞いていた白石が唐突に尋ねた。

「ダメージコントロールのポイントって何だかわかる？」

「え？」と慌てて灰谷は考える。「……アシドーシス[※1]、低体温、凝固障害[※2]……」

「それも大事。でもね、ダメージコントロールの一番のポイントは臆病であること」

灰谷が目を見開く。

※1 アシドーシス
正常時、動脈に流れる血は水素イオン濃度（pH）が7・35～7・45の間に保たれているが、なんらかの原因でpHが7・35以下になっている状態のこと。

※2 凝固障害
血を固めるのに必要な凝固因子に異常がある状態のこと。血が止まらないので、少しの傷でも大量に出血してしまう。

「秋本さんの場合、出血を止めようと無理にオペを続行していたら最悪の事態になっていたかもしれない。あのとき、このまま続行するのは危ないって手術をいったん中断したから、今、秋本さんは生きてる。その判断ができたのは、藍沢先生にも臆病な一面があったからよ」

「……」

「灰谷先生が医者に向いているかどうかはわからない。私だって毎日、自分は向いてないって思うし。だけど、臆病であることも医者の資質としては必要だと私は思う」

そうなのかなと思いつつも、うまく言いくるめられているような気もする。納得していない表情の灰谷を見て、藍沢が口をはさんだ。

「シアンのにおいは感じる人間と感じない人間がいる」

「え？」

「感じるのは四十％で、お前はたまたまその四十％のうちの一人だった。それで、患者と冴島の命を救う行為に貢献した」

何が武器になるかなんてわからない。人間を相手にするとはそういうことだ——言外にそういう意味を含ませる。

灰谷の表情がわずかに明るくなる。白石は、ずるいなと藍沢に微笑んだ。

「妊娠してなかったら、結婚しようと言ったか、という質問についての答えだけど」

冴島はベッドに横になりながら、かたわらに座る藤川に真剣な目を向けた。

「うん」

「俺、ずっと考えてたんだよ。はるかが目を覚ましてくれるの待ちながら、ずっと」

「それで?」

「よく、わかんなかった」

「は?」

「わかんないよ。はるかが妊娠してなかったとき、俺が結婚したいと思ってたかなんて。だって、そのときには戻れないし」

あきれ顔の冴島を見て、「いや、違うんだ」と藤川は慌てて付け加えた。

「俺、今の気持ちなら、ハッキリわかる」

「……?」

「俺ははるかと生きたい。おなかにいる子供と三人で。もっと増えるならそれもいい。とにかくずっと、はるかと生きていきたい。だから……結婚してほしい」

バカみたいに正直で、真っすぐな藤川の思いがうれしかった。

「これじゃダメかな」

しかし、冴島は答えない。

「あれ……返事は?」

冴島はひと息つくと、ゆっくり話しはじめた。

「目を覚ましたとき、私、最初に誰のことを思ったと思う?」

「……俺?」

すがるような瞳に、つい冴島は笑ってしまう。

「それはない」

「え、なんだよ。誰だよ」

「赤ちゃん」

「あ……」

「私と、あなたの赤ちゃん」

母になる覚悟を持って冴島はそう言った。

それって、つまりイエスってことだよね……。

温かいものがこみ上げてきて、藤川は冴島の手を優しく握りしめた。

プレイルームのピアノの前に奏がいる。今日も点滴スタンドを脇に置き、鍵盤の横には手術の同意書もある。奏の背後には藍沢が立っている。

「ちょっとわかる気がする。その、死のうとした人の気持ち」

奏の言葉に藍沢の表情がわずかに曇る。それを見て奏は笑った。

「大丈夫だよ。私、ちゃんと手術する」

藍沢は同意書をチラと見て、うなずいた。

ふと、奏が右手の中指で鍵盤をたたいた。小気味のいい音が室内に響く。その音に耳をすましていた奏の唇から思いがこぼれた。

「……弾けなくしないで」

「え……」

奏は同意書を手にするとじっと見つめた。泣きそうになるのをこらえて訴える。

「先生、私、やっぱり怖い」

「……」

藍沢と白石がエレベーターに乗っている。物憂げな藍沢に、白石が言った。

「新海先生から聞いた。天野奏さん、やっぱり手術はしたくないって……?」

「ああ」

「……難しい選択だよね」

「彼女が普通の女の子だったら、こんなに悩むことはなかった」と言い捨て、藍沢はエレベーターから降りていく。

その背中を、白石は黙って見送る。

命と命よりも大切だと思うもの、どちらかを選ばなければいけないとき、医者は命を優先する。

命さえあれば、いつか大切なものを失ったつらさを乗り越えられると、医者は信じているから。

けれど、失うものがあまりにも大きいときは、医者はどうすればいいのだろう。

4

医者は突然窮地に立たされる。

あらゆる事態に備えて、準備していたとしても。

現実は、予測を上回る。

そして医者は、たいてい負けず嫌いだ。

予測を上回る現実にさえ、勝ちたいと思う。

だから手を動かし、考えつづける。

きっと何か、方法はある。

＊＊＊

「結婚、おめでとう！」

グラスがカチンといい音を立てる。スナック『すれちがい』のカウンター。今日は藤川との入籍をすませた冴島の結婚祝いの女子会だ。

「ありがとう」

冴島がうれしそうにオレンジジュースを口に運ぶ。一方、白石と緋山は、のどを鳴らして生ビールを飲む。

「まさかねえ、あの藤川とホントに結婚するとは……謎だわ」と緋山が心底不思議そうに冴島を見つめる。

「あのちっちゃい先生でしょ？」とカウンターの中からメリージェーンが会話に加わってきた。「ねえ、どこがよかったのよ」

「どこが？……うーん」冴島は真剣に悩む。

困った……本当に思いつかない。

考え込む冴島のかたわらに置かれた携帯が震えるが、誰も気に留めない。

「……そう聞かれると、ないかも……」

「一つくらい言ってやれ」テーブル席から声がした。藍沢が一人離れて飲んでいたのだ。

「まあ、やっぱり……優しいところ？」

「おおおおお」白石と緋山、そしてメリージェーンが愉しげな冷やかしの声を上げる。

ようやくメリージェーンが着信中の携帯に気づいた。「あら、電話よ。噂のダンナさまじゃないの？」

冴島は表示された藤川の名前を見て、「心配性なんだから……」と受信ボタンに触れた。すかさず緋山と白石が携帯に向かって大きな声を上げる。

「優しいとこがいいってよ」

「よかったね、パパ！」

藤川は携帯の向こうから聞こえてくる騒々しい声に、「あいつら……」と顔をしかめる。

「はるか？　あのね、帰り、遅くならないようにね。駅からタクシー使いなよ。いい？」

「うわー、優しい！」

緋山のからかう声が聞こえてくる。藤川は苦笑しながら電話を切った。


体のことを考えて冴島が早々に帰ると、店内にはまったりとした空気が漂いはじめた。

藍沢は黙々とつまようじで塔を組み上げており、白石は難しい顔で何やら書類にペンを走らせている。酔いが回った緋山はメリージェーンにからみはじめた。

「だいたいさ、あの研究はずーーっと私が続けてきたのね。論文ももう書いてたし。それを取り上げるってひどくない？」

メリージェーンが白石に事情を尋ねる。「ねえ、何があったの？」

「周産期医療センターっていう、緋山先生がいたところで論文の報告会があって……」

「教授は私を戻す気なんかないの。緋山先生は救命が合ってますよ、しばらくいたらいいんじゃないですか、だって！」

「緋山先生のポジションに、もう別の若い人が入ってたらしいの」

「あららー、若い女にとられたの？」とメリージェーンが尋ねる。

「そうなのよ、若いのよ。可愛いのよ、何あれ！」

「いやいや、怒るとこそこじゃないでしょ」

「白石！　あんたがしっかりフェロー育てないからこんなことになるんだからね！」

とばっちりを受けた白石が、「こっちだって苦労してんの！」とキレた。「見て、このレポート！　フェロー三人の特性と指導方針を書けって、そんなのひと月見たくらいじゃわかんないよ。特に名取先生、あの人ホントわかんない」

テーブル席で無関心を決め込む藍沢に、緋山が絡む。

「藍沢、また一人すました顔して。あんたねえ、半年後にトロントとか絶対許さないからね！」と立ち上がって席に近づいてきた緋山を藍沢が手で制した。

「悪い、電話だ」と席を立ち、藍沢は店を出た。電話は新海からだった。

「奏ちゃん、一過性の昏睡でさっき入院した。浮腫[※1]がひどい。頭蓋《ずがい》内圧[※2]もかなり高くなってる」

「そうか」

「お前と話したがってるよ。まだ手術に同意してない。頼む、藍沢、もう時間がない」

「……話してみる」

ズキズキと痛む頭を抱え、緋山が緒方を診察している。つらそうな顔を見て、緒方が軽口をたたく。「あれ、二日酔い？　彼氏にフラれたな？」

「黙っててください」

「眉間にシワ寄せちゃって。もっとこう、笑顔でいたら？　美人が台なしだよ？」

「余計なお世話です。静かにしててください」

スタッフステーションに戻ると、みんなに向かって冴島が挨拶をしていた。その隣にはフライトスーツを着た雪村が立っている。緋山は慌てて輪に加わった。

「子供や現場のことも考えて、ヘリは降りることに決めました。内勤だけになりますけ

※1 浮腫
顔や手足などの末端が体内の水分により腫れること。むくみ。
※2 頭蓋内圧
頭蓋骨内部の圧力のこと。

ど、産休に入るまで働きますので、どうぞよろしくお願いします」

そう言って、冴島が頭を下げた。

「悪いね、気、使わせちゃって」と藤川がうれしそうにみんなを見回す。

橘にうながされ、雪村が意気込んで口を開いた。

「冴島さんの穴は大きいと思いますが、それを感じさせないように頑張ります」

「おー、大きく出たね」と緋山が白石に笑いかける。

やる気と自信にあふれているのは頼もしい限りだけど……。白石は緋山に苦笑いを返した。

そのとき、ホットラインが鳴った。すぐに白石が受話器を取る。

「印旛南消防よりドクターヘリ要請です。印旛川の河川敷でバーベキュー中にカセットコンロが爆発。三十代男性と八歳の子供がケガをしてるとのことです」

「ヘリ、ＯＫです」と雪村がＣＳの町田のサインを確認して、応えた。

「出動します」

橘ともう一人のヘリ担当の名取、そして雪村が駆けだしたとき、橘の携帯が鳴った。

三井からだ。電話に出た橘の顔色が変わる。

「藍沢、すまんが代わりに行ってくれ」

「はい」。うなずく藍沢に無線を渡すと、橘は言った。

「息子が急変した」

みんなの表情が変わるよりも早く、橘は小児科病棟へと走りだす。藍沢はヘリポートへ。すぐに名取と雪村が続いた。


苦しむ優輔の口元に拭いそこなった血のあとが残っている。それに気づき、三井の胸はさらに締めつけられる。医者なのに何もしてやれない自分が情けなくてたまらない。

容体を診ている循環器内科の医師、井上宣顕《いのうえのぶあき》が看護師に尋ねた。

「内視鏡室はどうだった?」

「いっぱいで入れません」

橘が病室に駆け込んできた。

「どうした」

三井が振り向き、答えた。「急におなかが痛いって。朝ほとんど食べられなくて心配してたんだけど……」

優輔は額に脂汗をにじませ、苦悶の表情を浮かべている。

「優輔、大丈夫か!?」

橘は井上に言った。「初療室に運ぶぞ」

「急ごう」

河川敷は今夜開催される花火大会の準備と場所取りですでに大勢の人でにぎわってい
た。ヘリから降りた藍沢たちは現場に向かって走る。すれ違う人たちが何ごとかとそれ
を見送る。人だかりの向こうに負傷者が見えてきた。

名取と雪村は寝かされている少年を見て絶句した。バーベキュー用の鉄串が首を貫い
ているのだ。そばにはヤケドの痛みに顔をゆがめる父親と、無事だった母親がいた。母
親は半狂乱で藍沢にすがりつく。

「先生、先生早く、助けてください！　健《けん》ちゃん、やだ、どうしよう、健ちゃん!!」

藍沢は、少年の頸部の鉄串と下顎を固定して持ちながら、父親に言った。

「お父さんは少し待っていてください。息子さんの治療を優先します」

「は、はい。お願いします……！」

「さて、どうする？　名取」藍沢は名取に問うた。

名取は動揺を抑え、少年の診察にかかる。

「セオリーなら、抜かずに翔北に搬送して画像診断ですか」

藍沢は黙ってうなずく。

「何してるんですか。早く抜いてやってください」

取り乱した母親が雪村に叫ぶ。「ねえ、どうしてこのままなの？　早く抜かないと健ちゃん死んじゃう！」

しかし雪村は無視して作業を続ける。

「落ち着いてください」と藍沢が母親を制した。「鉄串をここで抜くのはかえって危険です。首の中で血管や神経を傷つけていないか、病院で検査したのちに慎重に抜きます。いいですね」

「お願いします、助けてください！　お願いします……健ちゃん」

泣きだしてしまった母親を、雪村はやれやれと一瞥する。一方、名取は黙々と挿管を続けている。


救命の初療室に少年を載せたストレッチャーが運び込まれる。

「北原健太郎《きたはらけんたろう》くん、八歳。脈拍１２０、血圧１００―64。現場で挿管しました」

待機していた白石と藤川が雪村の言葉にうなずく。二つある初療台の一つには橘がいて、井上とともに優輔の処置を行っていた。助手として緋山がついている。

「出血はそれほどひどくない。ファイバー[※1]だけで止血できそうだ」と橘は大きく息を吐く。その様子を見ながら、藤川が言った。

「こっちもなんとかしなきゃ」

「血管造影[※2]ですね」と名取が答える。

現場での落ち着いた振る舞いと的確な診断に、藍沢は名取を少しばかり見直した。

血管造影室に健太郎を移動し、撮影した映像を名取と横峯が確認している。

「どうだ?」

藍沢に聞かれて、名取が答えた。

「ありました。リークが見えます。やっぱり頸動脈を傷つけてますね」

「それで?」

「内シャントチューブ[※3]を入れて、左頸動脈を遮断。鉄串を抜いて血管を縫合します」

「教科書どおりならそうだ」

藍沢の言葉に促され、名取はもう一度造影剤を入れた。すると、さっきは見えなかった小さな白い影が写っている。

「……仮性動脈瘤[※4]がある。まだかなり小さいけど」

「内シャントチューブでいけるかは首を開けてみないとわからないな」

藍沢はそう言うと、一瞬何かを考える。

「脳血管も調べておこう」

看護師がベッドの傾斜を変え、健太郎の頭部にエックス線が当たるようにする。

「じゃあ左頸動脈をこのまま遮断するんですか」と名取が藍沢に尋ねた。

「仮性動脈瘤を切除して、鉄串を抜くにはそれしかない」

※1 **ファイバー**
胃・十二指腸ファイバースコープのこと。内視鏡のひとつ。柔軟性のある細いガラス繊維からできており、先端にレンズが取り付けてある。体内に挿入後、先端の向きを変えるなどして人体内を比較的自由に診ることができる。

※2 **血管造影**
血管の状態や血液の流れを調べるための検査。

※3 **内シャントチューブ**
血液が本来通るべき血管と別のルートをつくるチューブ。

※4 **仮性動脈瘤**
血管の壁は、内膜、中膜、外膜と大きく3層に分けられる。この壁すべてに穴が開き、そこから漏れた血液が周りの組織を圧迫する動脈瘤となってしまうこと。

横峯が画像を見ながら名取に言った。「左脳に行く血液が減るね。何分くらいで遮断できるんだろう?」

「左右の脳をつなぐ交通動脈の太さによる。右脳から十分に血液がもらえるなら手術の間くらいは大丈夫だよ」

そこに白石が入ってきた。

「どう? いけそう?」

「今、見てる」藍沢が応じる。

新たに撮影された脳血管の映像がモニターに現れた。

「え……」「これ……」名取と横峯は思わず声を漏らした。

「……厄介だな」藍沢も難しい顔になる。

健太郎の脳は交通動脈が未発達で、ほとんどなかったのだ。

「左頸動脈、遮断できないですね」と名取は藍沢の表情をうかがう。

この場合どうすれば……藍沢は脳外科医としてこれまで積み重ねてきたさまざまな経験の記憶をたどっていく。

＊ ＊ ＊

無事に処置が終わり、優輔はＩＣＵへと運び込まれた。隣のベッドには優輔と同年代で同じように補助人工心臓をつけた佐倉暁人《さくらあきと》がいた。暁人は携帯ゲーム機で遊びながら、チラと隣を見て、つぶやく。

「なんだ、優輔もか」

付き添ってきた橘は暁人のデータを見て、声をかけた。

「暁人くんは、熱が下がったみたいだね」

しかし、暁人はイヤフォンを差してゲームをしているため反応しない。

「聞こえないか」と橘が苦笑したとき、ようやく気づいた。

「……何？」とイヤフォンを外して、尋ねる。

「うん、あのさ。目が覚めたらさ、声をかけてやってよ。君がいると安心するから」

「うん」

ＩＣＵの外では三井と井上が待っていた。

「なんで胃炎なんか……まだ十一歳だぞ」

大きくため息をつきながら、吐き捨てるようにつぶやく橘に井上が答える。

「移植を待つ生活はストレスが多い。子供だって例外じゃない」

「まあ、そうだな……」

「補助人工心臓をつけてる以上、血液の抗凝固剤※は投与しないわけにはいかないからな。わずかな潰瘍からの出血でも、血が止まらず命を落とした患者を見てきた。三年もつけていれば何かが起きる。……時間がなくなってきたな」

三井の不安そうな表情に気づき、井上はハッとなる。

「あぁ、すみません。聞きたくない話を……俺もちょっと焦ってるな」

重い空気に包まれ、三人は黙り込んだ。


健太郎の手術が始まろうとしていた。

「仮性動脈瘤が進行している。やはり内シャントは入りそうにない」

藍沢が言った直後、手術室の自動ドアが開いた。現れたのは新海だった。

「どうなってる?」

「新海先生……あーなるほどね」

何が行われるかを読み取った藤川が、立ち位置を新海に譲った。

「左頸動脈を遮断したいが交通動脈が未発達だ」

「そうなると、俺の手が必要だな」

そう言いながら手術台を挟んで正面に立った新海に、藍沢は無言でうなずいた。

しばらくして優輔が目を覚ました。三井は不安そうに「どこか痛くない？　大丈夫？」と何度も声をかける。

「大丈夫大丈夫。こんなの大したことじゃないよ」と橘が軽く言う。そんな橘の態度に三井は苛立ちを覚えてしまう。

「じゃあな優輔、お父さん仕事に戻るから」

まだ話すことができない優輔はコクンとうなずいた。ＩＣＵを出ていく橘を不満そうに三井が見送る。そんな母親の様子が優輔には気がかりだ。自分のことが原因で母と父の仲が悪くなるのが、優輔にとっては苦痛だった。

「優輔、大丈夫か」と隣のベッドから声をかけられ、優輔は顔を向けた。暁人がこちらを見ていた。優輔はニコッと笑って親指を立て、〝大丈夫〟のサインを送る。暁人も笑顔で同じサインをつくってみせた。


白石が健太郎の両親を説明室へ呼んだ。

※**抗凝固剤**
血液が固まるのを防止する薬剤のこと。

タブレット端末を使って図で示しながら、健太郎の手術について丁寧に説明していく。

「通常、脳へは、この首の左右の頸動脈を通じて体から血液がいくようになっていますが、今、この左頸動脈の修復をするため、一度ここを遮断しなければなりません。すると左脳に血液がいかなくなりますが、左右の脳は血管でつながっていて、右脳から血液をもらうことができるようになっています」

母親がホッとしたように、「ああ……」と息を吐く。

「ですが……」と白石は続けた。「健太郎くんは生まれつき、この左右の脳をつなぐ血管、交通動脈がほとんどないんです」

「え」

「このこと自体は人によってはあることなので問題ありません」

「でも、それじゃ……」

白石は母親に小さくうなずき、話を続ける。「脳はとっても繊細です。血液が足りなくなれば数分でダメージが生じてしまいます」

「どうにかならないんですか?」父親が尋ねる。

「左の脳に血液を送る血管を一時的に作ります」

「作る?」

「腕の血管を左脳につなぎ、血液を流します」

「そんなことして……大丈夫なんですか？」

「簡単な手術ではありませんが、この病院でもっとも腕のいい外科医が二人で行います」

そう言って、白石は真摯な態度で二人を見つめた。

藍沢と新海による健太郎の手術が始まった。

固定された健太郎の左腕を藍沢がメスで開く。バイパス用に手首の動脈を使うのだ。

「橈骨《とうこつ》動脈[※1]取れるぞ」

藍沢が言うと、頭部を担当している新海が応える。

「こっちももう硬膜[※2]を切るところだ」

「十五センチで足りるか？」

「十分だ」

※1 **橈骨動脈**
肘窩《ちゅうか》〈肘の内側にある浅いくぼみ〉から手のひらにかけて走行する動脈のこと。

※2 **硬膜**
脳と脊髄を覆う、3層の髄膜のうちのひとつ。いちばん内側にあるのが軟膜、二番目がくも膜で、外側にあるのが硬膜。

「[※1]グラフト断端《だんたん》のトリミング、こっちでやっておく」

「[※2]フィッシュマウスにしておいてくれ」

二人の連携に白石は圧倒されてしまう。お互いがお互いの技術に全幅の信頼を寄せ、高レベルでの判断の共有ができているからこそのコンビネーション。白石は、自分が藍沢の脳外科医としての七年の時間を垣間見たような気がした。

新海が驚異的な手技で血管をつなぎ、右脳と左脳のバイパスができあがった。

「通すよ」

血流の遮断を解除すると右脳からの血流がモニターで確認できる。自画自賛するように新海が言った。「わぁ、きれいなバイパスだ。シワ一つない」

「[※3]ドップラーで確認しますか?」と尋ねる冴島に、藍沢が答えた。

「その必要なさそうだ」

「完璧な仕上がりだ」と新海が満足げにうなずいている。

「よし、左頸動脈を遮断する。[※4]ブルドック鉗子」

藍沢もまた新海に劣らぬ手技で瞬く間に頸動脈を遮断。

「抜くぞ」と慎重に鉄串を抜いていく。

抜き取った鉄串を[※5]膿盆《のうぼん》に置くと、藍沢は冷静に次の指示を出す。

「静脈からの出血はなさそうだ。仮性動脈瘤を切除する。藤川、血管縫合をサポートしてくれ」

「わかった」

あの困難な手術を予想よりもはるかに短時間で難なく成功させた藍沢と新海の圧倒的な技術に、フェローたちは心底驚かされた。手術室で縫合しながら、横峯がつぶやく。

※1 グラフト断端
新たな血液の通り道を作るのに使用した血管の切断面のこと。

※2 フィッシュマウス
切り口を、魚の口のように、腹側が短く背側が長い形にすること。

※3 ドップラー
超音波を使った検査法のひとつで、血液の流れる方向や速度を知ることができる。

※4 ブルドック鉗子
血管を挟んで一時的に血流を止めておくための鉗子。

※5 膿盆
ステンレス製のトレイのこと。

「私たちもあんな手術ができるようになるのかな」

「なる前に僕はクビになってるかも……」と灰谷が弱音を吐く。

「べつにあそこまでならなくてもよくない？　医者が全員名医じゃなくてもいいだろ」

と名取はあくまでも現実的だ。

しかし三人のフェロー脳裏に藍沢と新海の姿が焼き付き、憧れる気持ちが生まれたのは確かだった。


手術後、藍沢と新海は手洗い場に居合わせた。

「助かった」

「いや、お前の腕が落ちてないとわかって安心したよ」

久しぶりに二人で手術を担当して楽しかった……その充実感が二人の声に表れている。

そんなひとときは一瞬で終わり、新海がふと思い出したように言った。

「あ、そうだ。奏ちゃん、待ってるよ」

「このあと行く」

「頭痛も吐き気も相当ある。普通なら耐えられるレベルじゃない」

「……」

自分で磨いた技術を駆使し、使命を果たす。その充実感を味わったばかりの今だから、余計に奏のピアノへの想いはわかる。

それでも奏には生きていてほしい……。

奏の病室のドアは開いていた。藍沢が入ろうとしたとき、中の様子がうかがえた。奏が嘔吐しているのだ。母親に背中をさすられながら、とても苦しそうだ。

ピアノを弾けなくしないで……と訴えた奏。

死ぬのが怖いと涙をこらえた奏。

今の奏にどう接すればいいのかわからなかった。

藍沢は病室には入らずドアをそっと閉め、引き返した。

＊＊＊

病院の外のベンチで遅い昼食をとりながら、緋山はスマホで周産期医療学会のサイトをチェックし、発表された新しい論文の数の多さにため息をつく。

「どういうことだ」

病院に似つかわしくない、とがった声が耳に入り、緋山はそちらに目をやった。歩行器につかまった緒方が三十代くらいの男性と話している。確か、以前見舞いに来ていた緒方の弟子だ。二人のやりとりに耳を傾ける。

「店はお前がやるって、誰が決めたんだ」

「オーナーです」

「今のお前の力量で、あの店やっていけるわけないだろう。あいつに電話しろ。俺が言ってやる」

弟子は黙って携帯を出すが、かけようとはしない。

「早くしろよ」と伸ばした手が震えている。

「……緒方さん、その手で何作るんですか……無理ですよ、そんな体じゃ」

「……」

「確かに俺はまだ店やれるような力はないです。でも、今のあなたよりはまだ俺のほうがましなもの作れます」

言葉をなくした緒方に、「すみません」と頭を下げると、弟子の男は立ち去った。

見てはいけないものを見てしまった……緒方に気づかれないよう、緋山はその場をそっと離れた。

渡り廊下で、他科の部長としばし談笑し、飲みの約束をして別れた橘は、行く手に三井の姿を認めた。その表情から、ずっと見られていたのだと察し、彼女のもとへ向かった。

優輔の衣服を入れたカゴを持っているのを見て「よう、洗濯か？」と笑顔を向けた橘に、三井はキツい口調で言った。

「時間があるなら優輔のそばにいてやって。何のためにこっちに転院させたの」

その声に、周囲の人が振り向く。

橘は「まぁ、ちょっと……」と、三井の腕を取って人気のないところへ連れて行った。

「なんで避けるの？」と三井に問い詰められ、橘はこれまで隠していたことを告げた。

「……来なくていいって言うんだ。あいつが」

「……え……？」

「優輔は、俺たちの重荷になりたくないんだ。自分のせいで親が仕事を中断したり、無理をして体調を崩したり……そういうのがつらいんだよ。普通にしていてほしいんだ」

そう聞いても、三井は非難するような目つきのままで言った。

「……あの子、あなたの前では強がるのよ」

「……」

「来なくていいなんて本心のはずがない。本当は一人の時間が不安でたまらないはずよ。

だって、心臓がいつ止まるのかわからないのよ？」

「……そうだな……」橘は三井の言葉に納得した。「なるべく行くようにするよ」

苛立ちが収まらないまま、三井は去っていく橘の背中を見つめていた。


橘が医局に戻ると、緋山が浮かない顔でおにぎりをかじりながらパソコンに向かっていた。モニターに映っているのは緒方のカルテだ。

「どうしたどうした、辛気くさい顔して」

緋山はチラと目をやってから、返した。

「橘先生こそひっどい顔してますよ。事務の若い愛人にでもフラれましたか」

「ええっ？　なんで知ってんのー」と橘は乗っかる。「いやぁ、悪さはできないなぁ、院内じゃ……なんてね」

わざとらしく陽気に振る舞う橘が少し心配になるが、あえて淡々と緋山は尋ねた。

「三井先生、大丈夫ですか？」

一瞬、表情が曇ったがすぐに取り繕い、橘は言った。

「大丈夫だよ。知ってんだろ、あの三井環奈だぞ」

「そうですね。さてと、ＨＣＵ行かなきゃ」と立ち上がったとき、携帯が鳴った。

「はい」と応えるや緋山の顔つきが変わった。

「えっ……心停止」と言うと、橘を見た。

まさか……。


先にICUに飛び込んだのは橘だった。あとを追って緋山も続く。

「状況は？」

橘の声にベッドに覆いかぶさっていた三井が首をひねる。心臓マッサージを施されているのは暁人だった。三井は胸を押しつづけながら、言った。

「DC[※1]した。胸が苦しいって言ったあと、急にVF[※2]になった」

「パルスチェックです」

看護師の広田の声で、三井は心臓マッサージをやめる。その場に居合わせた他科の医師が暁人の容体を診る。チェックを終えた広田が言った。

※1 DC
直流除細動器。致死的不整脈に対して行う電気ショックのこと。

※2 VF
心室細動。心臓が細かくけいれんしている状態で、心臓はポンプ機能を果たせなくなり、有効な血液の拍出ができていない状態。

「十六時四十二分心拍再開です」

他科の医師はエコーを施しながら顔をしかめる。

「心筋全体の動きが遅い……」

橘がうなずいて言った。

「取り返しがつかなくなる前にエクモ[※1]を入れよう。オペ室に移すぞ。バルパン[※2]も準備してくれ」

「はい」緋山が応じる。

橘は広田に循環器内科の井上を呼ぶよう指示すると、暁人の移動にかかる。補助人工心臓の駆動装置とともにベッドごとＩＣＵから運びだされていく暁人を、優輔が呆然と見つめている。

「……暁人……！」

その声に反応したのか、暁人の指がわずかに動く。懸命にＯＫサインを作ろうとしているのだ。しかし、親指を立てることができないまま、暁人は優輔の視界から消えた。

スタッフが出ていき、ＩＣＵは静寂を取り戻す。残された三井はその場に立ちつくし、優輔は死への恐怖から表情に暗い影を落とした。

手術室に運び込まれた暁人に橘と緋山、そして井上が処置を進めている。そこに連絡を受けた藍沢、白石、藤川が駆け込んできた。

「佐倉暁人くん。十一歳男児。拡張型心筋症による心不全に心筋梗塞を合併してる。肺出血がひどい」と緋山がみんなに説明する。

「井上、抗凝固剤はどうする？　これじゃ血が止まらん」

井上が橘に答えた。「とりあえず切ってかまわない。ＦＦＰもどんどん入れてくれ。生きてなきゃ血栓もクソもない」

藍沢ら救命スタッフはそれぞれのアプローチで懸命に血圧を上げようとするが、なぜか変わらない。

「なんで上がってこない……藍沢、エコーやってくれ」

※1 エクモ〈ECMO〉
体外式模型人工肺。血液を体外に循環させ、人工的に酸素と二酸化炭素のガス交換を行う装置。
※2 バルパン
大動脈内バルーンパンピングのこと。心機能が著しく低下した患者のための補助循環装置。

橘にうなずき、藍沢が心エコーすると心臓に心のう液の貯留[※1]が映った。

「心のうに大量に溜まってます」

「穿刺して抜くぞ。留置用カテーテル[※2]くれ」

「はい」

橘が穿刺したシリンジを引くと、心のう液ではなく血液が流れてきた。橘の顔が絶望にゆがむ。

「心破裂か……」

その間、白石、緋山、藤川は輸血、輸液の投与と出血の吸引を繰り返している。橘はシリンジで慎重に血液を引きつづける。

「頑張れよ、暁人くん。おじさんが助けてやるからな。頑張れよ」

優しい口調で声をかけながら、必死で手を動かす。橘、藍沢、白石、緋山、藤川、五人の救命医が総がかりで噴きだす血を止めようと力の限りを尽くす。しかし、血はあふれつづけ、ついには穿刺部分からも流れだす。心電図モニターからは危険状態を知らせるアラームが、壊れたかのように鳴りつづけている……。

＊＊＊

ベッドの上で優輔がゲームをやっているが、空いた隣のベッドが気になり、あまり集中できない。

奥にある個室から、「健ちゃん」という女性の声が漏れ聞こえてきた。ガラス張りなので中の様子も見える。

ベッドに寝かされた少年を、母親らしき女性が覆いかぶさるように見ている。

「健ちゃん、わかる?」

涙ぐんだ母親の声が聞こえる。

「よかった。本当によかった」

ああ……あのベッドの子は助かったんだ。

喜びにむせび泣く母親の様子を、優輔はただじっと見ていた。

※1 **心のう液の貯留**
心臓と、心臓を包む膜である心膜との間に液体が病的に溜まる現象。貯留量が増加するに従って心臓の動きが悪くなり、血液循環障害が発生する。

※2 **留置用カテーテル**
体内に挿入し、体液や尿の排出を目的に使用する細い管。

すべてが終わった手術室。橘が術衣姿のまま魂が抜けたように突っ立っている。

「手伝いましょうか？」

声をかけられ、橘は我に返った。緋山だった。

「あ……いや……」と橘はようやく術衣を脱ぎはじめる。黙って手を洗っている緋山に、
橘がひとり言のように話しだす。

「移植希望登録をしてから、今日でうちは812日目。暁人くんは635日目だった。移植ってな、順番が回ってくるまでだいたい1000日待つんだ……綱渡りのような1000日なんだよ。毎晩寝る前は、明日はちゃんと目が覚めるだろうかと不安になり、目が覚めれば今日一日、血栓や感染症にならずに過ごせるんだろうかと心配になる……そういう毎日を乗り越えて、ようやく順番が回ってくる。でもその日、風邪で熱があったら……心臓はほかの人に回される。わずかな体調の崩れで生きるチャンスを失うんだ……だから優輔はこの三年、ろくに外にも出てないし友達にも会ってない」

「……」

「三井がね、ホッとするって言うんだ。優輔が一人でゲームをやってるのを見ると。俺も同じだ。毎日、何もないことだけを祈ってる」

今日の暁人くんの姿は明日の優輔くんの姿かもしれない——そんな思いを抱えながら

この人は、暁人くんを残酷な運命から取り戻そうと必死に闘ったのだ……。

いわんや、きっぱりと医師の仕事を退き、母親として優輔くんと向き合っている三井先生の不安や焦りはいかほどだろう。

そんな思いを抱きながらも、緋山は橘にかける言葉が見つからなかった。

優輔は携帯ゲームを続けている。日もすっかり暮れてしまったが、暁人はまだ帰ってこない。静まり返ったＩＣＵに三井が入ってきた。

「背中にクッション入れようか。疲れたでしょ」

「……うん」とうなずき、ゲームから視線を外さずに優輔が尋ねた。

「暁人は？」

「……」

「全然帰ってこないんだけど」

「……あのね……あの……」

どうしても言葉が出てこない。途方に暮れる三井の背後に、スッと橘が現れた。

「優輔……暁人くんな……」

「……うん」

優輔はゲームを続けながら、父の次の言葉を待つ。

「亡くなったよ」

ボタンを連打していた指が止まった。

「頑張ったよ、すごく」

「……うん」

優輔は再び指を動かしはじめる。そんな息子を見ていられず、三井は顔をそむけてしまう。橘は黙って優輔を見つめている。

ゲームを続けながら、優輔は「いいよ、もう行って」と静かに言った。

「……じゃ、またあとでな」

「うん」

橘は三井を促し、歩きだす。ＩＣＵを出ると、つぶやいた。

「たまらないな。でも優輔は、もっとたまらないよ。友達亡くして。しかも、次は自分かって思う」

三井は涙をこらえながら首を振る。

「なのにあいつは、俺たちの心配をしてる。僕は大丈夫だから安心してってて、普段どおりに振る舞おうとしてる。命の瀬戸際にいるのはあいつなのに、親のことを気づかってる」

「……」

「だから頼む。笑顔でいてやってくれ。あいつはお前のことがいちばん好きなんだ」

「……笑ってあげたい。でも……どうやったら笑えるの？」

三井はすがるように橘を見つめた。


すっかり意識が回復した健太郎は、あんなにひどい事故に遭ったばかりだというのに、

「花火見たかったなあ」とベッドの上で残念そうにつぶやく。

「そうねえ、でもしようがないね」と母親が優しく語りかける。ちょっと前まで生きるか死ぬかの瀬戸際に立たされていたのが信じられない。

そのとき、健太郎の状態をチェックしていた冴島が言った。

「あ、ここからも見えますよ、窓から。ほんの少しですけど」

「ホントですか」と父親が冴島のほうを振り向く。

「少しベッドを移動させましょう」

父親に手伝ってもらおうかと思ったが、ちょうど前の廊下を雪村が通りがかった。

「あ、雪村さん、ちょっと手伝ってくれる？」

「え……」

「ベッドを動かしたいの」

雪村は患者の家族に聞こえないように小声で、「すみません」と断った。「私、フライトの記録つけなきゃいけないんで」

行こうとする雪村を、「それはあとでいいから」と冴島が引き留める。しぶしぶ雪村はベッドの移動を手伝った。

「もう始まりますね」と冴島が窓にかかったカーテンを開ける。

「ありがとうございます。すみません」と母親が微笑んだ。


スタッフステーションでフライト記録をつけていた雪村は、隣でパソコンに向かっていた冴島に患者とその家族への対応について問いただした。

「あそこまでしてあげてたら、ナースの仕事ってきりがないと思うんですけど」

「うん……」

冴島はどういうふうに伝えればわかってもらえるのか、少し考えて口を開いた。

「雪村さんは、フライトナースにとって大切なことって何だと思う?」

「現場での判断力、経験、迅速に動ける体力」

雪村は迷うことなく即答した。

「そうね。で、実際どうだった？　今日やってみて」

「あのお母さんがパニック起こしちゃって、大変でした」

「誰もパニックにならない現場なんかないわ。大きな不幸を目の当たりにして、みんな不安になってるから」

それはそうだけど……と雪村は口をとがらせる。

「そういうとき、誰かがその不安に気づいてほしい」

「……それが私ってことですか？」

「医者やそのほかのスタッフもみんな張りつめてる。そういうとき、あなたの顔を見るとみんなが安心する。雪村さんには、そういうナースになってもらいたいの」

「……」

「焦らずに、成長していってほしい」

心からの冴島の言葉に、雪村は自身のかたくなな態度と向き合わざるを得なかった。

優輔の乗った車イスを押しながら三井は屋外へ出た。隣には補助人工心臓の駆動装置を押す橘の姿もある。優輔はパジャマ姿だ。

「あー、いい風だ。気持ちいいなぁ」

横目で三井を見て、頼むよと訴える。三井は精いっぱい明るい声を上げた。

「あっ、見て、あそこ！　見える。ほら！」

「え、どこ」と優輔が三井の指さすほうに目を向ける。

「ほら、大きいマンションの左。見てて。ほら！」

タンポポのような黄色の花火の輪が夜空に小さく咲いた。

「見えた！　わあ、ホントに花火だ！」

無邪気に喜ぶ優輔に橘も笑顔になる。

「お、結構次々に上がるんだなぁ。おっ！　あれ、でかいぞ。きれいだな」

「ホントきれい」

しばしの間、三人は無言のまま遠くで上がる花火を眺める。

突然、優輔がすすり泣きをはじめた。

「……優輔……」

「……暁人と一緒に見たかったな……」

こらえきれなかった思いが優輔の口からこぼれた。

たまらず三井が優輔の手を握る。

「ごめん。泣いちゃダメだよね。心拍が上がっちゃう」

ここで悲しい顔を見せてはいけないと三井はできるだけ明るく語りかけた。

「そうよ。泣いちゃダメ。でも無理かな。優輔は花火見ると泣いちゃうからね」

陽気でちょっと冷やかすような口調に、優輔は「え？」と反応する。

「だってほら、小学校入る前。館山の花火大会行ったとき」

「あぁあぁ、そうだった」と橘も乗っかった。「あのとき優輔、ぎゃあぎゃあ泣いてさ」

「花火の音が怖いって、帰ろう帰ろうってずーっと泣いてたっけ」

「お前は今も怖いんじゃないのか？」

二人にからかわれ、「もう怖くないよ」と優輔はムッとする。「怖いわけないじゃん。なんだよ、二人して！」

「あははは。怒った怒った。かーわいい！」と三井は笑った。しかし優輔が黙ってしまったのを見て、笑いながら「ごめんごめん」とあやまる。

優輔がポツリと言った。

「よかった」

「……え？」

「やっぱり、笑ってるお母さんがいいな」

不意を突く優輔の言葉に、三井の胸を熱いものがこみ上げてくる。泣きそうになる三井を助けようと橘が口を挟んだ。

「ずるいよなあ、お母さんは。ちょっと笑っただけでさぁ、優輔に喜んでもらえるんだもんなあ。お父さんはどうなんだよ」

「だって、お父さん、いつもヘラヘラ笑ってるから」

「なんだよそれ、ひでえなあ」

息子との幸せなひとときをかみしめながら、橘と三井は静かにほほ笑みを交わした。

白石が医局に入ると、藍沢がパソコンに向かっていた。モニターに映っていたのは暁人の記録だった。

「……悔しいね、暁人くん」

藍沢はモニターに目を向けたまま、ひとり言のように話しはじめる。

「移植医療は難しいな。命を救う方法はわかっている。なのに、臓器がなければその医療を提供することもできない」

「そうだね……助ける方法があるのにね」

「ああ」

生きてさえいてくれれば、助ける方法はあったのだ。

生きてさえいてくれれば……。

そうか……と藍沢は何か思案する。


緋山は廊下の待合席でぼんやり座っていた。救えなかった患者がいると疲労感は倍増す。ため息をついたとき、「すいません、ちょっと」と声をかけられた。周囲を見回すと、少し離れた待合席に緒方が座っていた。

「これ、開けてくれない？　病院のメシだけじゃ足んなくて」

緒方が差しだしたのはコンビニのおにぎりだった。右手が使えない緒方のために緋山が包装を開け、「どうぞ」と右手に握らせる。

「サンキュ。一緒にどう？」立ち去ろうとする緋山を緒方が誘う。

「結構です。おなかすいてないんで」

断った瞬間、緋山のおなかがぐぅと鳴った。

「体は正直だな」

フフンと笑う緒方にムッとしながらも、「こっちはゴハン抜きで働いてるんです」と言って隣に座った。

緒方に握らせたばかりのおにぎりが緋山に差しだされた。

「いただきます」と、遠慮なく手にする。

「じゃ、なおさら食いな。落ち込んでるときは、腹いっぱいにするのがいちばんいいんだよ」

緋山は別のおにぎりを開封して、再び緒方に渡した。

「なんかあった？　暗い顔して」

「今日私がやったこと。熱傷処置、切り傷の縫合、家族への説明、褥瘡《じょくそう》の手当て……つまんない処置ばっか。最後は緊急オペに入ったけど、患者は死んだ」

「……らしくないなぁ。緋山先生みたいなタイプは、自分の仕事に誇りを持ってるんじゃないの」

「……私ホントはね、周産期医療っていう、お産に関わる現場にいたのね。やりたいことといっぱいあったんだけどさ、尊敬してる先輩に頼まれて、救命に戻ってきた」

「そうか」

「後悔はしてない。私が戻ってきたことでその先輩は今、家族との時間が持ててる。でもさ……」

「その、なんとかって現場に戻れなくなった？」

「もう別の人が入っちゃって。私の居場所なくなっちゃった」

俺と同じか……。

緒方は落ち込む緋山をどうにか励まそうと明るく言った。

「なーに言ってんだよ。頼まれてくる場所があるだけいいじゃないかよ。俺なんか、店クビになっちゃったんだぞ。一から作りあげた店、一番弟子にとられちゃってさ、もうお先真っ暗だよ。いや、真っ暗どころじゃないよ。もう闇だよ、闇！」

「闇って」

緋山は少し笑った。

「ひどいなぁ。そこ笑うとこじゃないだろ」

「だって、全然明るいから」

「闇の中で暗くなってたら、自分自身がどこにいるかわかんなくなるだろ？　だから……闇にいるときこそ気合いで明るくするんだよ。そしたら周りも見えてくるから」

「なんか論理めちゃくちゃだけど……緒方さんってホント、ポジティブだね」

「ほら、笑ってるほうが可愛い」

唐突にかけられた言葉に緋山は固まった。

「……え……？」

医者は負けず嫌いだ。
けれど、どんなに考え尽くしても
患者に適した医療が見つからないとき、
それは……医者の負け。

藍沢が病室に入ると、奏は横になりながらうれしそうに笑った。しかし、その顔は紙のように白く、容体がかなり深刻であることがうかがえる。

「君はすごいな」

「……え……なんで？」

「そこまで体調が悪かったら、一刻も早く手術をしてくれと言うのが普通だ。それだけピアノが好きなんだな」

黙ってほほ笑む奏に、藍沢は覚悟を決めた。

「手術をすれば後遺症が残る可能性はゼロじゃない。だがもしそうなったら、リハビリをすればいい」

「……？」

「リハビリはつらい。時間もかかる。でも君なら、きっと乗り越えて、今と同じくらい大好きなピアノが弾けるようになると俺は思う」

疑わしげな表情の奏を見すえながら、藍沢は続ける。

「君はとても強い。だから大丈夫だ」と言い切り、フッと口元を緩めた。

そんな藍沢の言葉に安心したのか、奏は笑顔に戻った。

「……久しぶりに見た。藍沢先生が笑ったの」

「……」

「なんか……大丈夫な気がしてきた。先生の笑った顔見たら」

奏は少し息をついてから言った。

「私、手術を受ける」

うなずく藍沢に、奏は続けた。

「でも……一つだけ条件がある」

「……?」

「先生が手術して」

藍沢は奏の思いを受け止め、言った。

「約束する」

力強い言葉に、奏はにっこりと笑みを返した。

負けじゃない。
医者が患者に提供するのは、医療だけじゃないから。
誰かを勇気づけたいと思ったときは、笑ってあげればいい。
医者が見せる不意の笑顔は、
案外、手術や薬よりも、患者の心を癒すのかもしれない。

＊＊＊

翌日、医局のデスクで白石はフェローに関するレポートを書いていた。

名取颯馬——その名の書類の前でペンが止まる。ほかの二人に関してはどうにか書けたのだが、名取だけがどうにもしっくりこないのだ。

知識、技術、判断力のいずれもレベルは高い。しかし、救命医としてはどうなのだろう。指示されたことはそつなくこなすが、自ら動こうとはしない。名取の、現場での熱の低さが白石は気になっていた。

「なんですか？」

視線を感じた名取が白石に言った。

「あ、ううん……ねえ、名取先生って、なんでうちに来たの？」

せっかくだからと白石は尋ねた。

「父親に、ここに行けって言われたからです」

即答すると、名取は再びパソコンに向かう。

それだけ……。

白石のペンはさらに進まなくなった。


藍沢と新海がエレベーターに乗っている。新海の手には奏本人のサインが入った手術の同意書がある。

「大丈夫だなんて、お前、医者が軽はずみに結果を約束するなよ。後遺症が手に出れば、ピアノは弾けないんだ。訴訟にだってなりかねない」

詰問口調の新海に、藍沢は言った。

「とにかく救いたかったんだ」

「え？」

「彼女には命を救う方法がある。そして俺たちはその医療を提供することができる。あとで嘘つきとののしられようと代償を払わされようとかまわない……彼女が生きているほうがいい」

藍沢の覚悟を理解すると、新海はフッと口元をゆるめた。

「いつからだろうな、医者が患者に大丈夫だと言ってやれなくなったのは」

「……」


病院内のコンビニへ朝食の調達にきた緋山は、その棚に昨夜、緒方が食べていたおにぎりを見つけ、つい手に取ってしまう。

「まぁ、朝ご飯だけじゃ足りないでしょ」とひとりごち、二、三個カゴに入れる。

鼻歌を歌いながら緋山は一般病棟の緒方の病室を訪れた。

「おはよう。昨日のおにぎりをさ――」

言いかけた口をハッと閉じた。見知らぬ女性の背中が目に飛び込んできたのだ。緒方が緋山に気づいた。

「……緋山先生」いつもとは違う、堅い表情だった。

先生と聞いて、女性が振り向いた。

「お世話になっております。緒方の妻の由希《ゆき》です」

え……妻……？

困惑しながら緋山は黙って頭を下げた。

その頃、小児科の奏の病室は騒然としていた。奏がけいれん発作を起こしたのだ。白目をむき、手足をばたつかせる奏を看護師が力ずくで押さえる。

病室に飛び込んできた新海と藍沢は、奏の状態を見て、すぐに決断した。

「緊急オペだ」

5

医者の重要な仕事の一つ。痛みを取り除くこと。

そのために医者は勉強し、あらゆる手段を講じる。

しかし患者の痛みを正確に理解できる医者は、この世に一人もいない。

痛みとは、その人でなければ決してわからないものだから。

＊　＊　＊

「あーもう、ひでえな」

藤川がびしょ濡れの髪をタオルで拭きながら医局に入ってきた。突然のゲリラ豪雨に見舞われ、駐車場から病院に入るわずかの間に濡れネズミになったのだ。

「……わっ！」

ソファからむっくりと誰かが起き上がり、藤川は驚きの声を上げた。手術用のスクラブ姿の藍沢が疲れきった顔で目をしばたいている。

「なんだよ。なに徹夜？　オペ？」

「天野奏の緊急手術だ。ＩＣＵで杉原《すぎはら》さんの急変も重なった」

藍沢は藤川の姿に気づき、尋ねた。「雨か？」

「もうやんだよ。お前がそんな疲れてるってことは相当だな。でも、こっちもヘトヘトだよ。奥さんの機嫌が悪くてさぁ」

よく見ると藤川は何かの箱を抱えている。

「それはなんだ？」

「トマト。朝から探した探した！　これで俺の平和が保たれるわ」

藤川は自分のデスクに箱を置いた。真っ赤に熟れた形のいいトマトが十個ほどきれいに並んでいる。

「はるか、今トマトしか食えないんだよね」

「つわりか」

「ほかのものは何食ってもまずいんだって。それでイライラしてこっちに当たるわけ。参るよ、ホント」

「愚痴を言ってるわりには顔が笑ってるな」

「え？　まあ、そりゃあさ、何ていうのかな、これが幸せってヤツなのかねえ……あ、悪い悪い。結婚してないお前にはわかんねえ世界だな」

「のろけてることだけはわかる」


「不倫はダメだよ！」

白石の大きな声が廊下に響き、近くを歩いていたスタッフがチラ見する。

「ちょっ……バカ」と緋山は焦った。「あんたの声、無駄に通るね。だから、〝友達〟の話だからね」と友達の部分を周囲に聞こえるように大きめに言う。

白石はスタッフステーションに到着しても、この話題を続けた。

「ちょっと気になる男性に奥さんがいたって、それ言い方軽くしてるだけだと思うな」

話の内容に、え？……とフェローたちが聞き耳を立てる。

「キッパリあきらめるべきね。不倫は不倫なんだから！」

不倫というワードに、さらにフェローたちの興味がふくらんでいく。緋山は慌てて、

「あーあーあー、うん、わかった」と白石をさえぎった。

「ありがとう。友達に伝えとくわ！」

逃げるように白石から離れると、緋山はつぶやく。

「聞く相手、間違えた……」

準備のために初療室に入ると、さっそくフェローたちは噂話を始めた。

「緋山先生の不倫相手、やっぱ医者かな。何科だろ」

「医者はないんじゃない?」と灰谷が横峯に返す。「病院内は避けるよ、普通」

「でもそうそう出会いもないしさ」と名取が反論した。「身近なとこでいくと、やっぱ医者かナースってことになるだろ?」

名取の言葉に、横峯がハッとなる。

「あ、ごめんね! 私、あなたたちとそういうことになるつもりないから」

「は?」と名取はまじまじと横峯を見返す。

「私、仕事とプライベートは分けたい人なの。だから、そういう目で見ないでね。ごめんね」と横峯は逃げるように初療室を出ていった。

「……ごめんねって……見てねえっつうの。なあ?」

しかし、灰谷は少しがっかりしたような顔をしている。

「え……見てた?」

灰谷はブンブンと大きく首を振った。

診察を終えて病室を出ると、廊下の向こうに緒方の姿が見えた。緋山の脳裏に、妻だと紹介された女性の顔がよみがえる。一瞬、無視して通りすぎようと思ったが、それもおかしいと思い直し、「おはようございます」と声をかけた。

「ああ、おはよう。これからリハビリ」と緒方は歩行器を頼りにぎこちなく歩いていく。行く方向が同じだったので、緋山もなんとなく一緒についていく。

「今日は静かだね。疲れてる?」

「え? ああ、ちょっと朝から急患が入ってバタバタで……」と緋山は嘘をついた。

「やっぱ忙しいんだな。じゃ無理かなあ」

「なんですか?」

「いや緋山先生、ちょっと時間もらえない? 頼みがあって」

「……?」

「人がいないとこで会いたいんだよね」

「……え……」

そこにホットラインが鳴り響いた。

緋山は緒方に「すいません」とあやまり、駆けだした。

消防からの連絡は、下水道工事中の作業員三人が増水によって流され、救助に当たっていたレスキュー隊員一人が負傷。作業員二人は救助され、軽傷。一人はいまだ行方不明というものだった。

さっそく、白石、名取、雪村がヘリで現場へと向かった。

「レスキュー隊員は腕に変形があり、痛がっていますが意識清明——」

白石が現場の救急隊員から無線で患者情報を聞いている途中で、CSの町田から連絡が入った。

「こちら翔北CS、佐倉消防より再度ドクターヘリ要請がありました」

「こちら翔北ドクターヘリ、何か変更ですか？」

「先ほどの現場より一キロ南、成田川の佐倉橋水門付近にて溺れた男性が発見されました。下水道工事の作業員と思われます。意識がないとのことです」

状況を把握し、名取が白石に申しでた。

「俺がレスキュー隊員のほうに行けばいいんですね。腕の骨折だけみたいですし」

「お願い」と白石はうなずき、町田に言った。「事故現場に名取先生を降ろしたあと、私と雪村さんで成田川に向かいます」

「わかりました。着陸場所は追ってお知らせします」

ヘリが加速し、現場へと急ぐ。

事故現場に降りた名取は救急隊員の処置を受けている患者たちのもとへ駆け寄った。レスキュー隊員は右の上腕骨を骨折しているが我慢強く痛みに耐えている。救助された二人の作業員は軽い切り傷があるくらいで問題はなさそうだ。

一方、河口付近で発見された溺水の作業員、吉崎孝司《よしざきこうじ》は重篤な状態だった。救出時にはすでに心肺停止しており、数分後に蘇生したものの意識は戻らない。すぐにドクターヘリで翔北病院へと搬送された。

初療室で待機していた藍沢、緋山、藤川、冴島がさっそく治療を開始する。が、患者の状態をひと目見て、藤川がつぶやいた。

「これは、なかなか厳しそうだな」

「やれるだけやろう」と言う藍沢にうなずき、全員が処置に集中する。

「エコー持ってきて。こっちＣＶ入れるよ」[※1]

「Ａライン入れます」

「頭部ＣＴオーダーして」

「瞳孔散大」

声が飛び交うなか、なぜか冴島だけが動きを止めている。雪村がＣＴオーダーの電話を入れようとして異変に気づいた。

「……冴島さん？」

「……いいから早く、オーダー――」

激しいめまいに襲われ、冴島は体勢をくずした。つかまろうとワゴンに手を伸ばしたが間に合わず、そのまま倒れ込む。同時にワゴンも倒れ、その音で全員が振り向いた。

「冴島さん!?」

冴島の腰の辺りからじわじわと血が流れでて、床が赤く染まっていく。

「はるか！」

藤川を制して「私が診る」と緋山が冴島に駆け寄った。バスタオルで腰回りを保護してから、体を調べる。

「……まずい、娩出[※2]が始まってる」

藤川の顔から血の気が引いていく。

朦朧《もうろう》とする意識のなか、冴島は必死に緋山の声を聞こうとする。

※1 CV（を）入れる
ほかの血管に比べても血液の流れが多く速い中心静脈（CV）にカテーテルを挿入し、直接薬剤や輸液などを注入すること。

※2 娩出
胎児を産みだすこと。

「……え……何……？」

「分娩室まで運ぶ時間ないわ。処置室空いてる？」

「はい」と雪村がうなずく。

「そっちの初療ベッドに運ぶわ。手貸して、早く！」

「ここはいいから、行って」

白石の配慮に「すまん」と応じ、藤川は緋山、広田と一緒に冴島を処置室へと運びだす。突然の事態に動揺するフェローたちに、藍沢の厳しい声が飛ぶ。

「お前たちは自分の仕事に集中しろ」

「は、はい……」


処置室で冴島の容体を診る緋山の表情がみるみる厳しくなっていく。

「胎胞[※1]が脱出してる」

緋山の診断に、冴島はがく然とした。

「なんで……まだ十三週よ。緋山先生どうにかして」

藤川も緋山にすがるような目を向ける。

「今出てきたら助からないだろ？」

「だから今やってる！」と緋山は叫び、広田に次々と指示を出す。

「膣部鉗子。鈍針付きテトロンテープ※2も！　胎胞押し込んでマクドナルド手術※3してみる」

冴島は襲ってくる激しい腹痛に身をよじった。緋山は鉗子で降りてきた胎胞を慎重に押し戻そうとするが、無情にもバシャと破れてしまう。

「ダメだ。破水した……」

「嫌だ。待って。助けて、緋山先生」

冴島は緋山の腕をつかんで、すがる。

「頼む。緋山、頼む」と藤川からも懇願されるが、こうなってしまってはほとんど手の施しようがないことが緋山にはわかっていた。それでもあきらめきれず、緋山は懸命に二人の間にできた子供を救う道を探りながら処置を続けた。

※1 胎胞が脱出
なんらかの原因で出産予定日より早く子宮口が開き、胎児が包まれている胎胞が子宮から飛びだしてしまう状態。

※2 鈍針付きテトロンテープ
子宮頸部に縫合を入れる際に使用する医療器具。

※3 マクドナルド手術
何の誘因もなくまた陣痛のような痛みもないままに、自然に子宮口が開いてしまうことによって起こりうる流産や早産を防ぐために、子宮頸管を縫宿する手術。

＊＊＊

初療室では吉崎の処置が終わろうとしていた。藍沢が検査結果を見ながら一同に告げる。「意識障害の原因は低酸素脳症だろう」

横峯が言いづらそうに尋ねる。「……植物状態ですか」

「その可能性もある。溺れた時間が長すぎた」

そこに「戻りました」と名取が入ってきた。

「どうだった？」と白石が尋ねる。

「上腕骨骨折のレスキュー隊員は現場近くの酒々井《しすい》中央の救命に受け入れてもらいました。ほかの二人は軽傷なんで富里北病院に――」

答えているさなかに電話が鳴った。いちばん近かった名取が受話器を取った。

「はい。ああ名取です。先ほどはどうも……え？」

名取の顔色が変わったのを見て、「どうしたの？」と白石が尋ねた。名取は受話器を押さえて、白石を振り向いた。「酒々井中央病院から。今運んだレスキュー隊員が急変したって……ショック状態で意識ないそうです」

「代わる」と名取の手から白石が受話器を奪った。「翔北救命センターの白石です。ショック状態というのは？……わかりました。すぐにヘリで向かいます」

電話に応えながら、白石はチラと名取を見る。いつも醒めたようなその眼差しが落ち着かなく揺れていた。


「酒々井中央病院から転院搬送されたって」

初療室に入ってくるや橘は言った。白石と雪村がちょうどレスキュー隊員を運び込んできたところだった。

「倉田正敏《くらたまさとし》さん、五十七歳。血圧、触診で65。脈拍126です」と雪村が報告する。

橘が処置に加わりながら尋ねる。「ショックの原因は？」

白石は一瞬口ごもりながらも、言った。

「……骨盤骨折です」

「それで何で二次病院※に運んだ？　初期評価は誰がした」

灰谷と横峯は名取のほうを見ないように手を動かす。白石は名取が自ら名乗るのを待つが、名取の口は動かない。結局、藍沢が答えた。

※**二次病院**
中等症状患者（一般病棟入院患者）に対して救急医療を施す病院のこと。

「名取です」

橘は名取に険しい表情を向けた。

「これがわかんないってことあるか？」

「……いや……」

名取が言い訳をする前に、藍沢がピシャリと言った。

「見落としです」

「そうか……」

橘は少し考えると、白石に聞いた。

「藤川、こっち来れるか。今、大変そうだけど」

思いも寄らなかった橘の動きに、一同は目を見合わせる。

呼びだされた藤川はすぐにやって来た。誰にも何も言わせず、直ちに治療に取りかかる。

「ドリルくれる？　あーこれなら、現場で気づかないってこともあるかな……」

藤川の気づかいを名取がいたたまれない思いで聞いている。

そのとき、心電図モニターが警告音を鳴らしはじめた。

「血圧落ちてます」

雪村の声に医師たちが一斉に対処に入る。

「REBOA使おう」

藍沢が決断し、横峯も自ら判断して動く。

「レベル1で輸血します」

「FFP、RBC※、もう10単位オーダーして」

「はい！」と灰谷が白石に応える。

あ……。

気がつくと名取は一人、患者を囲むスタッフたちの輪から外れている。

俺は、この人たちとは熱量が違うんだ……。

名取は患者を救おうと必死になっているみんなをしばし見つめ、自嘲するような笑みを浮かべると、初療室を出ていった。

「……え……」

気づいた白石が止めようとするが、藍沢が制した。

「ほっとけ」

※RBC
赤血球を補充するための輸血用血。

名取のことは気になるが、今は患者が先だ。白石はすぐに治療に戻った。

冴島が浅い眠りから目を覚ますと、ベッドの脇に緋山がいた。目が合うと、緋山は小さく首を振った。

「残念だけど、赤ちゃんはダメだった」

「……」

「頸管無力症※だと思う。胎児の心拍は娩出直前まで確認できたけど、子宮口が突然開いて間に合わなかった。初産だから、健診で気づかなかったのは仕方ないと思う」

冴島は黙ってうなずいた。そこに藤川が入ってきた。緋山は藤川に場所を譲ろうと、「じゃあ」と立ち上がった。

「うん、ありがとう」

行きかけて、緋山はもう一度冴島を振り返った。

「赤ちゃん、助けてあげられなくて、ごめん」

冴島は「ううん」と首を振る。「大丈夫。妊娠初期の流産は珍しいことじゃないし、またチャンスはあるから」

緋山はうなずき、病室を出ていく。

残された藤川はただ思いを込めて、真っすぐ冴島を見つめた。

「倉田さん、安定してよかったね」

「ホント。でも骨盤骨折の診断ってやっぱ難しいのかな。名取先生なら気付けそうだけど……」

倉田の治療の後片づけを終えた灰谷と横峯が話しながらスタッフステーションに戻ってきた。横峯は続ける。「名取先生、できるオーラ出してただけかな？」

次の瞬間、パソコンの前に名取がいるのに気づいた灰谷が、まずいよと横峯の腕をたたく。

「え？……あ」

奥のデスクには白石と緋山もいたが、あえて口を挟まず黙って自分の仕事を続けている。そんな二人を意識したのか、名取はわざと軽く反応してみせた。

「何？　そういう顔されると、なんか俺がやらかしたって感じでイヤなんですけど」

※頸管無力症
本来は開かないはずの子宮口が、妊娠中期以降に陣痛でもないのに開き始めて妊娠が維持できなくなる疾患。子宮頸管が短くなり、子宮口は大きく開き、羊水腔が出てきてしまうなどの症状が表れ、流産や早産を引き起こす。

「だって……結構まずかったよ?」

「結果、大丈夫だったからいいでしょ」

名取の言葉に、灰谷は白石と緋山の顔色をうかがう。

「いや、でも……」

「まあ、いい経験だよね。俺も落ち着いていつもどおりやればよかったんだよな。次からはそうするよ」

落ち込む自分を認めたくなくて、名取は強がる。そのとき白石が厳しい声を発した。

「次はないのよ」

「はい?」

誰が言ったのかと名取は振り返り、白石と目が合うと、ハッとなる。

「私たち医者には次があるけど、患者さんは命を落としたらもう次はない」

白石はそう言うと立ち上がり、スタッフステーションを出ていった。

「……いや、そんなのわかって――」

困惑する名取を緋山が見つめる。名取が気づいて、はぐらかすように苦笑した。

「すみません。怒らせちゃいました」

この子、不器用なんだ……。

緋山はかつてのプライドばかり高かった自分を思い出す。

＊　＊　＊

二日後。意識を取り戻し、容体も落ち着いてきた倉田のもとを白石が謝罪に訪れた。

「骨盤骨折の見落としがあって、二次救急の病院に搬送してしまいました」

そこに名取が入ってきた。白石の姿に足が止まる。

「私の責任です。申し訳ありませんでした」

頭を下げる白石に、看病していた倉田の妻の和美《かずみ》が言った。

「そんな……こうして助けていただいたんだし。現場のことは本人もよくわかってますから」

黙ったままの倉田が白石は気になる。それを見て、「違うんです」と和美が言った。

「この人、別のこと気にして……」

「……？」

倉田は隣のベッドに目をやり、言った。

「白石先生、あの子は……」

隣に寝ているのは吉崎だった。生命維持のために口をマスクで覆われ、体から伸びたさまざまな管が機械につながれている。それを藍沢と灰谷がチェックしている。

「一緒に流されたんだ」

「……吉崎さんは、この二日間、意識が戻っていません」

「……彼は目を覚ましますか」

厳しいでしょうと白石は小さく首を振る。倉田は吉崎から視線を外すと天井を仰いだ。

「俺が殺した」

「……」

「俺は水の中で彼の手を離した。二十歳そこそこの若者の未来を、閉ざした」

長年、命を預かる仕事をしてきた男の痛恨の言葉――自分とのあまりの意識の違いに、名取は少なからずショックを受けた。


藍沢がＩＣＵを出ると、新海が向こうからやって来た。

「今、電話しようと思ってたんだ。奏ちゃんの検査結果」

「脳の腫れはどうだ」

「ＣＴはよさそうだよ。もう少し意識がよくなったら、麻痺の確認もできるだろう」

「そうか」

藍沢の目にかすかな不安を感じ、新海はニコッと笑ってみせた。

「いい結果を期待しよう。大丈夫だよ。俺とお前でやったんだ」

「……ああ。そうだな」


藤川は病室の前で深呼吸し、笑顔をつくった。ドアをノックし、病室に入ると、冴島はベッドの上で食事をしていた。

「あ、ちょうど昼メシか」

「うん。そっちは？　まだ？」

「まだ。今日は外来が多くてさ。あー、いい匂い。腹へったな」

藤川は冴島がちゃんと食事をしていることがうれしかった。

「うまそうだな。ちょっとくれよ」とベッドサイドに腰かける。

「ダメ。これすごくおいしい」と冴島はサバのみそ煮をパクパク食べる。

「うちの病院ってメシうまいのか。知らなかった」と藤川はトレイを覗き込む。「へえ、デザートまでつくのか」

「ね……おいしいよ……すごく、おいしい」

食べている冴島の目からポロッと涙がこぼれた。藤川は「え……」と驚く。

「……ご飯がおいしい」

「ちょ……どうした」

冴島は目の周りを赤くしながら、小さく首を振る。

「つわりで何食べてもまずかったのに。昨日まであんなに。ああ早くおいしくご飯食べたいなって、ずっと思ってたのに……今日は全部……すごくおいしい」

冴島は皿のおかずを平らげると、つぶやいた。

「……赤ちゃん、いなくなったんだね」

「……」

冴島の手から箸がパタリと落ちた。堰を切ったように思いがあふれ、大粒の涙と一緒に口をつく。

「ごめんなさい。もっと早くヘリを降りるべきだった。あの日、白石先生の言うとおりにすればよかった。私が悪かった。私のせいで赤ちゃんは死んだ」

「……違う」

冴島は強く首を振って、懺悔を続けた。

「まだ十三週なのに。たった十三週であの子の命は終わっちゃった」

「……」

「私は、ちゃんとお母さんじゃなかった」

両手で顔を覆って冴島は慟哭《どうこく》する。

「……はるか……」


エレベーターのドアが開くと、藤川が乗ってきた。藍沢は端に寄り、スペースを開ける。藤川は一瞬藍沢を見るが、無言で隣に立つ。エレベーターは音もなく動きだした。

下降していたエレベーターが止まり、ドアが開いた。二人とも降り、藍沢が歩きだしたとき、「なんなんだよ」と藤川が吐きだすように言った。振り返ると、怒りに体を震わせる藤川がいた。

「はるかの人生ってなんなんだよ。好きだったヤツに死なれて、子供に死なれて……そんなのないよ。なんではるかばっかりこんな目に遭うんだよ」

「……」

かつて冴島には田沢悟史《たざわさとし》という婚約者がいたが、壮絶な闘病の末にこの病院で亡くなったのだった。恋人の死で傷ついた冴島を、藤川はそばでずっと見守りつづけていた。

「俺、なんにも言ってやれない。力になってやれない」

かみしめた唇がフッとゆるんだ。

「俺、あいつを幸せにしてやれるのかな」

どうしてやることもできない自分が、藤川は心底情けなかった。


緒方がリハビリ中に負傷したという連絡を受け、緋山は処置室へと急いだ。ドアを開けると処置台に寝かされた緒方の姿が目に飛び込んできた。腕と足から流血している。

「リハビリ中に転倒したそうです」と雪村が緋山に告げる。

「ちょっと張り切りすぎちゃったかな」と緒方は照れ笑いを浮かべた。

緋山は黙々と止血と縫合を終えると、緒方の妻に電話をかけた。

「突然すみません。先ほどご主人がリハビリ中に転倒してケガをされまして。ケガは大したことないので、ご心配はいりませんが――」

「すみません」と由希は話の途中でさえぎり、言った。「わざわざお電話いただいて申し訳ないんですけど、私のほうへはもう、連絡は結構です」

「え……いや、でも……」

妻が何を話しているかわかっている緒方は、寂しげに視線を落とした。

「離婚するんです」

「……え……？」

「離婚届、もう署名も捺印もして渡してあります。ですからもう」

「……」

夜、名取が倉田の点滴を交換していると白石が様子を見にやって来た。まだ食欲がないみたいだと説明している間、倉田はずっと隣のベッドの吉崎を見つめている。なぜだか自分が責められているような気がして、名取は思わず口走った。

「そんなに自分を責めないでください」

「？」と倉田が名取のほうへ顔を向ける。

「あそこって狭かったじゃないですか。増水もしてたし、あの状態で全員助けられなかったとしても、誰も責められないですよ」

「……名取先生」と白石がやめさせようとしたとき、倉田がボソッと言った。

「確かにそうだ」

「そうですよ」と名取が強くうなずく。

「でもレスキューの現場で条件がいいときなんかない」

あ……。

「だから何か起きたとき、言い訳をしようと思えばいくらでもできる。資機材が足りなかった、通報が遅かった、だから救えなかった……そう言えば許されるだろう。でも、そんな言い訳をする人間に、命を預けたいと思うか？」

「……」

「人は、起きたことはすべて自分の責任だと言いきれる人間に命を預けたいと思うものだ。俺の仕事は、そういう仕事だ」

つい高ぶってしまった感情を抑えて、倉田は言った。

「ドクターヘリだって、そうでしょう？」

言葉に詰まった名取の様子を、白石がじっとうかがっていた。

藍沢がＩＣＵに向かって歩いている。背後から「大丈夫ですか？」と声が聞こえ、振り返った。横峯が廊下のベンチに座った倉田の妻の和美を気づかい、声をかけたのだ。

「昨日からずっとですよね。少し休まれたほうが……」

「ああ、ありがとうございます。大丈夫です」

「奥さまは食事、とられてますか？　倉田さんがあれじゃ食べられませんよね」

「ああ……」と和美は苦笑した。「ホント頑固で。食べてもらいたいんですけど……」

「倉田さん、責任感が強いのはわかりますけど、心配してる家族の気持ちもわかってもらいたいですよね。奥さまだってつらいんだって言ったほうが……」

和美はやわらかく微笑み、尋ねた。

「失礼ですけど、あなた、ご結婚は？」

「え？　いえ……」

「私たちが結婚したのは一九八五年。あなた、まだ生まれてないわね」

「……はい」

「結婚した翌年、あの人背骨を折って半年入院した。七年後にはひどいヤケド。マンションの火災で五人も亡くなったの。二〇〇九年の岳来山《がくらいさん》の土砂崩れのときは助けられなかった人が多くて、精神科に通院した。私は毎日あの人の話を聞きつづけた。三十二年間、そうやって支えてきた」

横峯は培ってきた夫婦の歴史に圧倒される。和美は穏やかな笑みを浮かべて言った。

「何かアドバイスがあるなら聞くわ」

「……いえ……すみません」

「ありがとうね」

藍沢は二人から視線を外すと、ＩＣＵへ入っていった。

勤務を終えた藍沢が藤川のデスクに置かれたトマトを眺めている。朝は箱の中に隙間なくきれいに並んでいたのに、なぜか三つしかない。

そこに、「お疲れ」と橘が入ってきた。

「……トマト？　藤川か……藤川、どうしてる？」

「悩んでます。冴島に、なんて言ってやっていいのかわからないって」

「そうか。そうだろうな。どんなに大事な人でも夫婦はしょせん他人だ。相手の悲しみの深さまではわからないよ……いちばん知りたいことなのにな」

実感の込もった言葉に藍沢は何も返せず、ただ黙ってトマトを見つめていた。

帰り支度を終え、廊下を歩いている藍沢の視線の先に、待合席に一人ポツンと座り、両手に持ったトマトを交互にかじっている藤川の姿があった。そのそばには、手つかずのトマトも数個置いてある。

「何やってる」

藤川は顔を上げようともせず、トマトにかぶりつきながら、答えた。

「だって思い出させたらかわいそうだろ。だからって捨てるわけにもいかないし……」

両手はもうトマトの汁でぐちゃぐちゃだ。

「一つくれ」

「……え……」

藤川はひざの上のトマトを一つ、藍沢に放った。受け取ったトマトを見つめながら、藍沢は言った。

「結婚の目的は幸せになることなのか？」

藤川は初めて藍沢を見た。

「そもそも幸せってなんだ。俺にはよくわからない。だがわかってることが一つある」

「……？」

「お前は、毎日悲しみが訪れるこの救命でみんなに明るさをもたらしてる。それはすごいことだ。結婚なんかすればいろいろあるだろう。でもどんなときでも、お前の家庭はきっと明るい。人は幸せになるために結婚するんじゃない。つらい毎日を、二人で乗り越えていくために結婚するんだ。……俺はそう思う」

藤川は藍沢の言葉に小さくうなずき、再びトマトにかぶりついた。藍沢も手にしたトマトをかじる。

苦酸っぱい味がした。

白石が冴島の病室に入ると、ベッド周りのカーテンが引かれていた。隙間からわずかに冴島の顔が見える。と、中から緋山の声がした。

「明日退院していいよ。CRP※の数値も悪くなかったし」

「そう」

「退院証明書。これ、出るとき会計に出して」

「わかった」

「……あのさ」と緋山は切りだした。しかし、なかなか次の言葉が出てこない。これまでも流産した患者には何度も声をかけてきたが、医者としてかける言葉と友人としてかける言葉は全然違う。

口ごもったままの緋山を見かねて、ここは自分がと、白石はカーテンを開けた。

「わっ」と緋山が驚きの声を上げる。

「なんだ！　ここにいたの？」

「どしたの、なんかあった？」

緋山に聞かれ、白石は少しばかり慌てた。

どうしよう……何も考えてない。

「あ、あの……聞きたいことがあったのよ」

「何よ、こんなとこまで来て」

「あの、あれよ……」と考えながら、白石はベッド脇のイスに座った。「そう、名取先生って、あれ、落ち込んでんの？　落ち込んでないの？」

「え？……ああ、あれは最初からヘコんでんだよ」

「そうなの？　え、最初から？」

興味を持ったのか、「何かあったの？」と冴島が尋ねる。冴島が話の輪に入ってきた瞬間、緋山は白石の意図を察した。

「あ、あの……フェローがね、現場で骨盤骨折見落として。でも、言い訳ばっかするから白石キレちゃって」

「え……」と冴島は白石に目をやる。

「……キレました」

恥ずかしそうに白状する白石に、冴島の表情がゆるむ。それを見て、緋山はさらにあおりはじめる。

「白石は人の気持ちとかわかんないんだよね、意外と」

※ CRP
C反応性タンパク。体内で炎症性の刺激や組織の破壊が生じると急激に増加するタンパク質。

「うるさいな」

白石は「ねえ」と冴島のほうへ身を乗りだし、尋ねた。

「雪村さんって最近少し変わったよね。どうやって指導してるの？　なんか言ったの？　厳しく言ったりしてる？」

その必死さに、冴島はフフッと笑ってしまう。

「私も結構厳しく言うよ。でも言いすぎちゃうところあるから気をつけてる。向こうもプライドあるしね」

「うん……え、それだけ？　なんか普通だね」

「普通？」と冴島は少しムッとした。

「だからあんた、そういうとこだよ」と緋山が指摘する。「なんで思ったことすぐ言っちゃうかな」

「たしかに。白石先生って、案外気がつかないタイプだよね」と冴島も緋山の指摘に同意した。

「え……なんか最近、フェローたちからも、白石先生わかってないよね、みたいな空気出されてる気がするんだけど……」

「あー、あるね」と緋山が大きくうなずいてみせる。

「そうなんだ……私って気づかないタイプなんだ……」

落ち込む白石を見て、冴島は笑った。

病室を出てドアを閉めると、緋山は白石に言った。

「ありがと」

「ホントに聞きたかっただけよ」

薄暗い長い廊下を、二人は並んで歩いていく。

＊　＊　＊

退院した冴島が車の助手席に乗り込む。ハンドルを握る藤川が言った。

「じゃあ……お別れに行こうか」

「……うん」とうなずき、冴島はひざに置いた小さな箱に大事そうに手を添える。その横顔にはやはりどこか陰がある。

これじゃあダメだと大きく息を吐いて、藤川は話しはじめた。

「はるかさ、シアンガス騒ぎのとき、目が覚めていちばん最初になんて言ったか覚えてる？　俺のことでも自分のことでもなくて、赤ちゃんのことが頭に浮かんだって言ったんだよ。俺は真っ先にはるかのことを考えて、それだけだった。子供のことなんて頭からすっかり抜け落ちてた。でもお前は、死にかけたっていうのにまず最初に子供の心配をしたんだ」

冴島はまだうつむいている。

「はるか」

呼ばれて、ようやく顔を上げた。藤川は思いを込めて、言った。

「俺は、はるかはすごくいいお母さんだと思う」

真っすぐな言葉が心に沁み込んできて、冴島の表情が和らぎはじめる。

それを見て、藤川は安堵した。

言いたいことが少しは伝わったかな……。

しかし、冴島はフッと一つ息を吐くと、いつもの凛とした表情に戻った。

「一度家に帰っていい？　着替えたい」

「え？　ああ、いいよ」

「この子と最後のお出かけだから、きれいにして行きたい」

藤川は冴島のひざの上の小さな箱を見つめる。

「私たち家族の大事な思い出にしたい」

そう言って、冴島は笑顔を見せた。その顔に藤川は思わず涙ぐみそうになる。グッとこらえて、微笑んだ。

「……そうだね。よし、出発だ」

エンジンをかけ、アクセルを踏んだ。三人を乗せた小さな車は、真っ青な夏空の下、真っすぐ伸びる道を走りだした。


自分が与えた刺激に吉崎の手足がわずかに動くのを見て、灰谷が大きな声を上げた。

「痛み刺激に反応あります！」

藍沢と白石がすぐに確認を始める。その様子に気づいた和美が倉田に言った。

「あなた、見て」

倉田は体を起こし、隣のベッドの吉崎を見つめる。倉田の容体チェックをしていた名取は、無意識のうちに「あの、倉田さん」と声をかけていた。

「うん？」

「あ、いや……あの……」

「なんですか」

「……あの……」

名取は思い切って、打ち明けた。「僕なんです。倉田さんの骨盤骨折を見落としたの」

倉田と和美が名取を見つめる。

「すみませんでした」

頭を下げている名取に気づき、白石は目を丸くした。

「ああ……そうか」と倉田はうなずいた。「そうだよな。あのとき俺を診てたのは、君だもんな」

「……はい」

あやまった……。

自分で殻を破ってみせた名取の姿を見届けて、白石の顔に自然と笑みが浮かぶ。

緒方に誘われ、緋山は中庭へとやって来た。しんどそうにベンチに座り、息をついた緒方に尋ねた。

「なんですか、この間から」

「いや、悪い。実はね……」

折り畳まれた紙をポケットから出しながら、緒方は言った。

「これにサインしてほしいんだ」

紙を開こうとするが手がうまく使えない。

「貸して」と緋山は緒方の隣に座り薄い紙を開いた。中を見て驚く。離婚届だったのだ。

「証人のとこ、一人どうしても埋まらなくて。弟子も誰も来なくなっちゃったから」

「……頼みたいことって」

このことだったのか……。

「ああ、悪いね。ヘンなこと頼んじゃって。あ、イヤならいいよ」

落胆している自分を認めたくなくて、緋山は軽く言った。

「いいよ、こんなの。いくらでも書くよ」

緋山は緒方の背中を下敷き代わりにして書きはじめた。

「どこがよかったの？」

「え？」

「あ、ああ、いや……奥さん……」

「うん？……そうだなあ」と緒方は遠い目をして、考える。

「まあ、まずきれいだったよね」

「……そこ最初なんだ」

「いや、だって、誰でも最初は見た目から入るでしょ。あと強いね。すごく強い。で、
頭がよくて野心家。店の経営手腕もピカイチ」

緋山は驚いた。

この人をクビにしたオーナーって奥さんなんだ……。

「あとは……そうだな……」

思い出して、緒方はちょっと幸せそうな顔になる。

「彼女は、俺の料理を最初においしいって言ってくれた。誰にも見向きもされない俺の才能を信じてくれた。それだけは十五年間、ずっと変わらなかった」

聞きながら、緋山の胸に小さな痛みが走る。

「こうなった俺が悪いんだ」

自分の手を見下ろす緒方の寂しげな横顔を見ていられず、重い空気を断ち切るように緋山は離婚届を突きだした。

「はい、書けました」

「おっ、サンキュー」

震える手で受け取る緒方に、緋山は聞いた。

「……出しにいけんの?」

「え?」

「あ……いや、書けても、どうやって出しにいくのかなって」

「なに、心配してくれてんの？　体のほう？　え、それとも俺の傷ついた心のほう？」

「体のほうに決まってるでしょ」

おなじみの、「あんたバカ？」と言っているような緋山の顔を見て、緒方は少し笑った。


なんだこれは……。

白石は混沌と化したソファ周りをあ然としながら見下ろした。

散らばった衣類やタオル、化粧品、そして医療関連の書籍がジオラマのごとく地層を形成し、我が部屋を侵食。緋山ワールドと成り果てているのだ。

この世界の主は、ソファに座って缶ビールをあおっている。

「はあああ」

複雑な表情で重いため息をつく緋山に、注意する気もそがれ、思わず「どうしたの？」と白石は尋ねた。

「べつに」

白石は散乱したモノを拾いはじめたが、緋山の繰りだすさらに深いため息に、もういいやとあきらめた。地層をかき分け座ると、緋山の隣に座った。

「恋愛相談なら乗るけど」

白石の申し出に、緋山は強く首を振った。

「あんたにはもう聞かない」

「あ、そう」

白石は足元に落ちていた髪留めになんとなく手を伸ばした。ノートパソコンの電源コードとイヤフォンがからまり、悲鳴を上げているように見えたのだ。髪留めからコードをほぐしはじめた白石に、緋山が尋ねた。

「あんた結婚したいって思ってる？」

「思ってるよ」

「みんな、あんな大変そうなのに？」

「……そうだね」

「一人のほうがラクかもよ」

「うん……でも、やっぱり憧れる。誰かと一緒に生きる人生って、素敵だなと思う」

白石は髪留めをコードから引き抜くと、テーブルの上に置いた。

緋山は我に返ったような表情で「……意外と響いた」とつぶやき、缶ビールのプルトップをあけて白石に渡した。

人は他人の痛みはわからない。

医者と患者に限らず、夫婦、親子、友人、どんな間柄でもそれは同じだ。

しかし、痛みは教えてくれる。

自分のそばに、その痛みを分かち合いたいと思ってくれる人がいること。

その存在に、気づかせてくれる。

＊＊＊

レースのカーテン越しにやわらかな朝の光が差し込み、奏の横顔を照らしている。顔の前に差しだした両手を見つめるその表情は不安と緊張でこわばっている。ベッド脇の新海の背後に立った藍沢が、そんな奏をじっと見守っている。

「手を動かしてみて」

新海の声に、奏は空中の鍵盤を叩くようにそっと指を動かした。両手の指がゆっくりと動きだす。

「いいね。問題なさそうだ」

安堵と喜びで奏の顔がくしゃっとなる。藍沢もホッと息をついた。

「……よかった」と目をうるませる母親に、奏が泣き笑いになる。

「……お母さん」

涙ぐむ奏に母親がそっとハンカチを差しだす。が、ハンカチをつかもうとしたそのとき、奏の手がブルブルと震えはじめた。

「……え……」

何か別の生き物のようで、まるで制御できない。

藍沢の表情も一変する。

暴れる自分の手に恐怖し、奏は救いを求めるように藍沢を見た。

先生、助けて……！


——下巻に続く——

CAST

藍沢　耕作……………………山下　智久
白石　恵……………………新垣　結衣
緋山　美帆子……………………戸田　恵梨香
冴島　はるか……………………比嘉　愛未
藤川　一男……………………浅利　陽介

名取　颯馬……………………有岡　大貴（Hey! Say! JUMP）
灰谷　俊平……………………成田　凌
横峯　あかり……………………新木　優子
雪村　双葉……………………馬場　ふみか

新海　広紀……………………安藤　政信
橘　啓輔……………………椎名　桔平

■ TV STAFF

脚本：安達奈緒子

音楽：佐藤直紀
主題歌：Mr.Children「HANABI」（TOY'S FACTORY）

プロデュース：増本 淳

協力プロデュース：中野利幸

演出：西浦正記（FCC）、葉山浩樹、田中 亮
制作著作：フジテレビジョン

■ BOOK STAFF

脚本：安達奈緒子

ノベライズ：蒔田陽平

ブックデザイン：竹下典子（扶桑社）

DTP：明昌堂

コード・ブルー　—ドクターヘリ緊急救命—
THE THIRD SEASON
（上）

発行日　2017年9月1日　初版第1刷発行
　　　　2018年6月20日　　第13刷発行

脚　　本　安達奈緒子
ノベライズ　蒔田陽平

発 行 者　久保田榮一
発 行 所　株式会社 扶桑社
〒105-8070 東京都港区芝浦1-1-1 浜松町ビルディング
電話　03-6368-8870（編集）
　　　03-6368-8891（郵便室）
www.fusosha.co.jp

企画協力　株式会社 フジテレビジョン
製本・印刷　中央精版印刷株式会社

ISBN 978-4-594-07801-0